爱阅读课程化丛书/快乐读书吧

爱阅读

飞鸟集

[印]泰戈尔/著
立 人/编译

无障碍精读版

课外阅读佳作，爱阅读课程化丛书

分级阅读点拨 · 重点精批详注 · 名师全程助读 · 扫清阅读障碍

天地出版社 | TIANDI PRESS

图书在版编目（CIP）数据

飞鸟集 / ［印］泰戈尔著；立人编译 . — 成都：天地出版社，2024.5
（爱阅读）
ISBN 978-7-5455-8051-8

Ⅰ . ①飞… Ⅱ . ①泰… ②立… Ⅲ . ①诗集—印度—现代 Ⅳ . ① I351.25

中国国家版本馆 CIP 数据核字 (2023) 第 243112 号

FEINIAO JI

飞鸟集

［印］ 泰戈尔 著　　立 人 编译

—— 阅读 · 成长 ——

出品人 杨 政

项目统筹 田佰根 王 猛 万可彪 赵亚珍
监　　制 刘俊枫 王莉莉
营销策划 田金香 吴 森
责任编辑 曾 真
装帧设计 宋双成
排版制作 书香文雅
责任印制 白 雪

出版发行 天地出版社
（成都市锦江区三色路 238 号 邮政编码：610023）
（北京市方庄芳群园 3 区 3 号 邮政编码：100078）
网　　址 http://www.tiandiph.com
电子邮箱 tianditg@163.com

印　　刷 三河市祥宏印务有限公司
版　　次 2024 年 5 月第一版
印　　次 2024 年 5 月第一次印刷
开　　本 700mm × 1000mm 1/16
印　　张 16 彩插 0.375
字　　数 221 千
定　　价 24.80 元
书　　号 ISBN 978-7-5455-8051-8

飞鸟集

采果集

情人的礼物

随想集·话语

再次集·池畔

再次集·新居

总序

北京书香文雅图书文化有限公司的李继勇先生与我联系，说他们策划了一套“爱阅读”丛书，读者对象主要是中小学生，这套书可以作为学生的课外阅读用书，希望我写篇序。作为一名语文教育工作者，为学生推荐优秀课外读物责无旁贷，在最近“双减”政策的大背景下，也更有意义。

一、“双减”以后怎么办?

前不久，中共中央办公厅、国务院办公厅印发了《关于进一步减轻义务教育阶段学生作业负担和校外培训负担的意见》，对义务教育阶段学生的作业和校外培训作出严格规定。这是一件好事。曾几何时，我们的中小学生作业负担重，不少孩子不是在各种各样的培训班里，就是在去培训班的路上。孩子们“学”无宁日，备尝艰辛；家长们焦虑不安，苦不堪言。校外培训机构为了增强吸引力，到处挖墙脚；有些老师受利益驱使，不能安心从教。他们的行为破坏了教育生态，违背了教育规律，严重影响了我国教育改革发展。教育是什么？教育是唤醒，是点燃，是激发。而校外培训的噱头仅仅是提高考试成绩，让孩子在中高考中占得先机。他们的广告词是“提高一分，干掉千人”，他们大肆渲染“分数为王”。在这种压力之下，孩子们面对的是“分萧萧兮题海寒”，他们不得不深陷题海，机械刷题。假如只有一部分孩子上培训班，提高的可能是分数。但是，如果大多数孩子或者所有孩子都去上培训班，那提高的就不是分数，而只是分数线。教育的根本任务是立德树人，是培根铸魂，是启智增慧，是让学生德智体美劳全面发展，是培养社会主义建设者和接班人，是为中华民族伟大复兴提供人才，而不是培养只会考试的“机器”，更不能被资本绑架。所以中央才“出重拳”“放实招”，目的就是要减轻学生过重的课业负担，减轻家长过重的经济和精神负担。

“双减”政策出台后，学生们一片欢呼，再也不用在各种培训班之间来回奔波了，但家长产生了新的焦虑：孩子学习成绩怎么办？而对学校老师来说，这是一个新挑战、新任务，当然也是新机遇。学生在校时间增加，要求老师提升教学水平，科学合理布置作业，同时开展课外延伸服务，事实上是老师陪伴学生的时间增加了。这部分在校时间怎么安排？如何让学生利用好课外时间？这一切考验着老师们的智慧，而开展各种课外活动正好可以解决这个难题，比如：热爱人文的，可以参加阅读写作、演讲辩论、学习传统文化和民风民俗等社团活动；喜爱数理的，可以参加科普科幻、实验研究、统计测量、天文观测等兴趣小组；也可以参加体育比赛、艺术（音乐、美术、书法、戏剧）体验和劳动教育等实践活动。当然，所有的活动都应以培养学生的兴趣爱好为目的，以自愿参加为前提。学校开展课后服务，可以多方面拓展资源，比如博物馆、图书馆、科技馆、陈列馆、少年宫、青少年活动中心，甚至校外培训机构的优质服务资源，还可组织征文比赛、志愿服务、社会调查等，助力学生全面发展。

二、课外阅读新机遇

近年来，“新课标”“新教材”“新高考”成为语文教育改革的热词。前不久，我看到一个视频，说语文在中高考中的地位提高了，难度也加大了。这种说法有一定道理，但并不准确。说它有一定道理，是因为语文能力主要指一个人的阅读和写作能力，而阅读和写作能力又是一个人综合素养的体现。语文能力强，有助于学习别的学科。比如：数学、物理中的应用题，如果阅读能力上不去，读不懂题干，便不能准确把握解题要领，也就没法准确答题；英语中的英译汉、汉译英题更是考查学生的语言表达能力；历史题和政治题往往是给一段材料，让学生去分析、判断，得出结论，并表述自己的观点或看法。从这点来说，语文在中高考中的地位提高有一定道理。说它不准确，有两个方面的理由：一是语文学科本来就重要，不是现在才变得重要，之所以产生这种错觉，是因为在应试教育的背景下，语文的重要性被弱化了；二是语文考试的难度并没有增加，增加的只是阅读思维的宽度和广度，考查的是阅读理解、信息筛选、应用写作、语言表达、批判性思维、辩证思维等关键能力。可以说，真正的素质教育必须重视语文，因为语文是工具，是基础。不少家长和教师认为课外阅读浪费学习时间，这主要是教育观念问题。他们之所以有这种想法，无非是认为考试才是最终目的，希望孩子可以把更多时间用在刷题上。他们只看到课标和教材的变化，以为考试还是过去那一套，其实，考试评价已发生深刻变革。目前，考试评价改革与新课标、新教材改革是同向同行的，都是围绕立德树人做文章。中共中央、国务院印发的《深化新时代教育评价改革总体方案》明确指出："稳步推进中高考改革，构建引导学生德智体美劳全面发展的考试内容体系，改变相对固化的试题形式，增强试题开放性，减少死记硬背和'机械刷题'现象。"显然就是要用中高考"指挥棒"引领素质教育。新高考招生录取强调"两依据，一参考"，即以高考成绩和高中学业水平考试成绩为依据，以综合素质评价为参考。这也就是说，高考成绩不再是高校选拔新生的唯一标准，不只看谁考的分数高，还要看谁更有发展潜力、更有创造性、综合素质更高，从而实现由"招分"向"招人"的转变。而这绝不是仅凭一张高考试卷能够区分出来的，"机械刷题"无助于全面发展，必须在课内学习的基础上，辅之以内容广泛的课外阅读，才能全面提高综合素养。

三、“爱阅读”助力成长

这套“爱阅读”丛书是为中小学生量身打造的，符合《义务教育语文课程标准》倡导的“好读书、读好书、读整本书”的课改理念，可以作为学生课内学习的有益补充。我一向认为，要学好语文，一要读好三本书，二要写好两篇文，三要养成四个好习惯。三本书指“有字之书”“无字之书”和“心灵之书”，两篇文指“规矩文”和“放胆文”，四个好习惯指享受阅读的习惯、善于思考的习惯、乐于表达的习惯和自主学习的习惯。古人说“读万卷书，行万里路”，实际上就是要处理好读书与实践的关系。对于中小学生来说，读书首先是读好“有字之书”。“有字之书”，有课本，有课外自读课本，还有“爱阅读”这样的课外读物。读书时我们不能眉毛胡子一把抓，要区分不同的书，采取不同的读法。一般说来，有精读，有略读。精读需要字斟句酌，需要咬文嚼字，但费时费力。当然也不是所有的书都需要精读，可以根据自己的需要决定精读还是略读。新课标提倡中小学生进行整本书阅读，但是学生往往不能耐着性子读完一整本书。新课标提倡的整本书阅读，主要是针对过去的单篇教学来说的，并不是说每本书都要从头读到尾。教材设计的练习项目也是有弹性的、可选择的，不可能有统一的“阅读计划”。我的建议是，整本书阅读应把精读、略读与浏览结合起来。精读重在示范，略读重在博览，浏览略观大意即可，三者相辅相成，不宜偏于一隅。不仅如此，学生还可以把阅读与写作、读书与实践、课内与课外结合起来。整本书阅读重在掌握阅读方法，拓展阅读视野，培养读书兴趣，养成阅读习惯。

再说写好两篇文。学生读得多了，素养提高了，自然有话想说，有自己的观点和看法要发表。发表的形式可以是口头的，也可以是书面的，书面表达就是写作。写好两篇文，一篇“规矩文”，一篇“放胆文”。“规矩文”重打基础，“放胆文”更见才气。“规矩文”要求练好写作基本功，包括审题、立意、选材、构思等，同时还要掌握记叙文、议论文、说明文、应用文的基本要领和写作规范。“规矩文”的写作要在教师的指导下进行。“放胆文”则鼓励学生放飞自我、大胆想象，各呈创意、各展所长，尤其是展现自己的应用写作能力、语言表达能力、批判性思维能力和辩证思维能力。“放胆文”的写作可以多种多样，除了写大作文，也可以写小作文。有兴趣的还可以进行文学创作，写诗歌、小说、散文、剧本等。

学习语文还要养成四个好习惯。第一，享受阅读的习惯。爱阅读非常重要。每个同学都应该有自己的个性化书单，有的同学喜欢网络小说也没有关系，但需要防止沉迷其中，钻进“死胡同”。这套“爱阅读”丛书，就给中小学生课外阅读提供了大量古今中外的名家名作。第二，善于思考的习惯。在这个大众创业、万众创新的时代，创新人才的标准，已不再是把已有的知识烂熟于心，而是能够独立思考，敢于质疑，能够自己去发现问题、提出问题和解决问题，需要具有探究质疑能力、独立思考能力、批判性思维和辩证思维能力。第三，乐于表达的习惯。表达的乐趣在于说或写的过程，这个过程比说得好、写得完美更重要。写作形式可以不拘一格，比如作文、日记、笔记、随笔、漫画等。第四，自主学习的习惯。我的地盘我做主，我的语文我做主。不是为老师学，也不是为父母长辈学，而是为自己的精神成长学，为自己的未来学。

愿广大中小学生能借助这套“爱阅读”丛书，真正爱上阅读，插上想象的翅膀，飞向未来的广阔天地！

顾之川

2021 年 10 月 15 日

写于京东大运河畔之两不厌居

阅读领航

·作家生平·

泰戈尔（1861—1941），印度诗人、作家和社会活动家。他生于加尔各答市的一个极富哲学和文学艺术修养的家庭。受家庭环境的熏陶，他从小就醉心于诗歌创作，8岁就开始写诗，15岁时发表长诗《野花》，17岁时发表叙事诗《诗人的故事》等。

1878年泰戈尔赴英国留学，1880年回印度后专门从事文学活动。20世纪20年代创办国际大学。1913年，他以诗集《吉檀迦利》一举夺得诺贝尔文学奖的桂冠，成为亚洲第一个获该奖的作家，从此闻名世界文坛。1919年印度发生英国殖民者血腥镇压反英民众的"阿姆利则惨案"，泰戈尔愤而放弃英国政府授予他的"爵士"称号。1924年，他访问了中国。从年幼时起，他就向往这个古老而神秘的东方大国，而这次访问终于实现了他多年的愿望。他十分同情中国人民的处境，写文章怒斥英国殖民主义者的鸦片贸易。第二次世界大战爆发后，他写文章斥责希特勒的不义行径。1941年他写了《文明的危机》，这是一篇控诉英国殖民统治、相信印度必将获得独立解放的著名作品。

泰戈尔一生写了50多部诗集。许多国家将他尊为"诗圣"。此外，他还著有十几部中长篇小说、90多篇短篇小说、20多个剧本及大量文学、哲学、政治论著，并创作了1500多幅画，还创作了难以计数的歌曲。

1941年8月7日，泰戈尔在加尔各答祖居中平静地离开了人世，

1

爱阅读
AI YUEDU

成千上万的人为他送葬。

·创作背景·

《飞鸟集》第一版是在1916年完成的。整个《飞鸟集》大致由两部分构成，一部分翻译自诗人的孟加拉文格言诗集《碎玉集》，另外一部分是诗人的即兴英文诗，是在造访日本时有感而发。诗人在日本时大概居住了三个月，所以《飞鸟集》也受到了日本诗体的影响。他在日本时，有不少女士求其题写扇面或纪念册，诗人曾赞美了日本俳句的简洁。

·作品速览·

《飞鸟集》是印度诗人泰戈尔的代表作之一，也是世界上最杰出的诗集之一，这其中包括325首清丽的无标题小诗。在他的诗里，可以看到白昼和黑夜、溪流和海洋、自由和背叛，虽自相矛盾，在诗里却十分融洽和谐。泰戈尔的诗里有不少的经典名句，比如"如果错过太阳时你流了泪，那么你也要错过群星了""使生如夏花之绚烂，死如秋叶之静美"。

本书还收录了泰戈尔《采果集》《随想集》等其他的诗集，以丰富读者的阅读体验。

·文学特色·

泰戈尔的诗包含的思想内容非常丰富，有博大精深的文化哲理，对人类和大自然的歌颂，发自内心的对人民的敬意，等等。

泰戈尔用短小的语句写出了深刻的人生哲理，引领和启迪着世人勇于探寻真理和智慧的源泉。泰戈尔的诗总是能给人带来一股振奋人心的力量，使人从中获得鼓舞。

2

阅读准备

"作家生平"，走近作家，一睹作家风采；"创作背景"，了解作品创作的时代背景；"作品速览"，把握故事全貌、主题意蕴；"文学特色"，发掘作品深刻的文学价值，以增进理解，提高阅读效率。

名家心得

泰戈尔这本《飞鸟集》成书已有92年，现在读来，仍像是壮丽的日出，诗中散发的哲思，有如醍醐灌顶，令人茅塞顿开。

——李敖

在现代的许多诗人中，泰戈尔更是一个"孩子的天使"。他的诗正如这个天真烂漫的天使的脸；看着他，就"能知道一切事物的意义"，就感得和平，感得安慰，并且知道真相爱。

——郑振铎

我们敬重他是一个怜悯弱者、同情被压迫人民的诗人；我们更敬重他是一个实行帮助农民的诗人；我们尤其敬重他是一个鼓励爱国精神、激起印度青年反抗英帝国主义的诗人。

——茅盾

243

飞鸟集
FEINIAO JI

真题演练

一、填空题

1.《飞鸟集》创作于1913年，第一版是在______年完成。

2.《飞鸟集》大致由两部分构成，其中的一部分由诗人翻译自己的孟加拉文格言诗集《______》而成。

3.《飞鸟集》是印度诗人泰戈尔的代表作之一，这本诗集由______首清丽的无题小诗组成。

二、选择题

1.泰戈尔的《飞鸟集》，主题主要是什么？（　　）

A.人生感悟　B.爱情　C.天空和鸟　D.政治

2.《飞鸟集》中的诗歌风格主要是什么？（　　）

A.浪漫主义　B.印度神话　C.现实主义　D.异教徒

三、阅读题

①虔诚者坐于山顶皎皎的宁静中，不休不眠地睁开眼寻找星辰的暗示。

②云朵聚集，夜鸟悲啼飞过的时候，他说："不要恐惧，朋友，人类是崇高的。"

③他们嗤之以鼻地说："兽性是远古的力量，那才是永恒的，赤诚不过是自欺欺人。"

④遭受打击时，他们惊恐地询问："朋友，你在哪儿？"

⑤得到这样的回答："我就在你们身边。"

245

阅读总结

"名家心得"，听听名家怎么说；"读者感悟"，看看别人怎么想；"阅读拓展"，帮你丰富文学知识，增强艺术感受力；"真题演练"，考查阅读本书后的效果，是对阅读成果的巩固和总结。习题具有一定的延伸性和扩展性，对于没有回答上来的问题，读者可以借此发现阅读上的不足，心中带着疑问，为下一次的精读做好准备。

名师导读

指引你快速知晓章节内容，提高阅读兴趣。

采果集

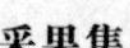

《采果集》内容丰富，阅读本诗集的时候能感悟到诗人对生命的思考。那么，我们就一同走进诗歌中，和诗人来一次心灵的碰撞吧！

1

请吩咐我吧，我将采集自己的果实，一筐筐送往你的庭院，虽然有些已然掉落，有些尚未成熟。

这丰收的季节早已不堪负载，而牧羊人那哀怨的笛声正自浓荫深处传来。

请吩咐我吧，我将扬帆起航，在那河面上。

①躁动的三月的风啊，它将迟缓的浪涛吹得哗啦啦响。

果园已奉献了它的所有，在这倦息的黄昏时分，夕阳的余晖洒落，而你的呼唤正自岸边的小屋传来。

2

年轻时，我的生命犹如一朵花——当和暖的春风到

❶拟人

诗人运用拟人的修辞手法，给三月的风赋予了人的情感，"躁动"一词把风的状态表现得活灵活现，然后诗人从听觉和视觉两个层面来突出这一点。

47

名师妙语，见解独特，视角新颖。

爱阅读
AI YUEDU

评点章节要旨，发人深省。

本诗集里面的大部分作品是爱情诗，其中很多题材选的是历史典故和神话传说，带有浓浓的恒河平原的气息，整体风格清新自然。而诗人用了深情的笔墨书写怀念亡妻的诗作，字字句句都能读出哀伤和缅怀，弥漫着恬淡、肃穆的意境，处处流露着深邃的哲理，给人带来丰富的启示。

开拓思维，启迪智慧。

1. 诗人将那份肆无忌惮的爱比作酒中的泡沫，对此你有什么理解？

2. 虽然本诗集大部分诗歌是记录爱情的，但是诗歌中的某些句子非常具有哲理，请找到其中三个句子。

在轻松阅读中开阔视野。

泰戈尔出身于书香门第，受兄长的影响和艺术氛围的熏陶，从小酷爱文学，是文艺女神的忠实信徒。他非常钟爱印度古代神话中的爱情故事，并受到启发，逐渐开始文学创作，他少年时期的作品《野花》《罗陀与黑天》，写的就是爱情。《罗陀与黑天》取材于梵语爱情神话传说。他以稚嫩的笔触，生动地描写了情女罗陀对恋人黑天的思念、在黑天面前的娇嗔和怕被抛弃的惶恐。他在这部尝试之作中崭露才华，受到兄长的热情鼓励和赞扬。

118

Contents

目录

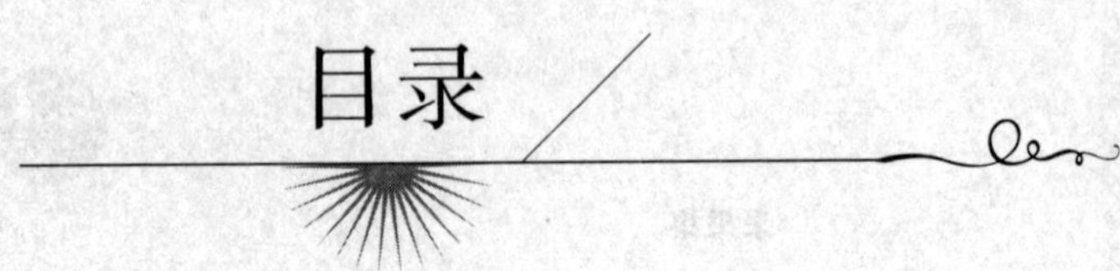

·作家生平·

泰戈尔（1861—1941），印度诗人、作家和社会活动家。他生于加尔各答市的一个极富哲学和文学艺术修养的家庭。受家庭环境的熏陶，他从小就醉心于诗歌创作，8 岁就开始写诗，15 岁时发表长诗《野花》，17 岁时发表叙事诗《诗人的故事》等。

1878 年泰戈尔赴英国留学，1880 年回印度后专门从事文学活动。20 世纪 20 年代创办国际大学。1913 年，他以诗集《吉檀迦利》一举夺得诺贝尔文学奖的桂冠，成为亚洲第一个获该奖的作家，从此闻名世界文坛。1919 年印度发生英国殖民者血腥镇压反英民众的“阿姆利则惨案”，泰戈尔愤而放弃英国政府授予他的“爵士”称号。1924 年，他访问了中国。从年幼时起，他就向往这个古老而神秘的东方大国，而这次访问终于实现了他多年的愿望。他十分同情中国人民的处境，写文章怒斥英国殖民主义者的鸦片贸易。第二次世界大战爆发后，他写文章斥责希特勒的不义行径。1941 年他写了《文明的危机》，这是一篇控诉英国殖民统治、相信印度必将获得独立解放的著名作品。

泰戈尔一生写了 50 多部诗集。许多国家将他尊为“诗圣”。此外，他还著有十几部中长篇小说、90 多篇短篇小说、20 多个剧本及大量文学、哲学、政治论著，并创作了 1500 多幅画，还创作了难以计数的歌曲。

1941 年 8 月 7 日，泰戈尔在加尔各答祖居中平静地离开了人世，成千上万的人为他送葬。

·创作背景·

《飞鸟集》第一版是在1916年完成的。整个《飞鸟集》大致由两部分构成，一部分翻译自诗人的孟加拉文格言诗集《碎玉集》，另外一部分是诗人的即兴英文诗，是在造访日本时有感而发。诗人在日本时大概居住了三个月，所以《飞鸟集》也受到了日本诗体的影响。他在日本时，有不少女士求其题写扇面或纪念册，诗人曾赞美了日本俳句的简洁。

·作品速览·

《飞鸟集》是印度诗人泰戈尔的代表作之一，也是世界上最杰出的诗集之一，这其中包括325首清丽的无标题小诗。在他的诗里，可以看到白昼和黑夜、溪流和海洋、自由和背叛，虽自相矛盾，在诗里却十分融洽和谐。泰戈尔的诗里有不少的经典名句，比如“如果错过太阳时你流了泪，那么你也要错过群星了”“使生如夏花之绚烂，死如秋叶之静美”。

本书还收录了泰戈尔《采果集》《随想集》等其他的诗集，以丰富读者的阅读体验。

·文学特色·

泰戈尔的诗包含的思想内容非常丰富，有博大精深的文化哲理，对人类和大自然的歌颂，发自内心的对人民的敬意，等等。

泰戈尔用短小的语句写出了深刻的人生哲理，引领和启迪着世人勇于探寻真理和智慧的源泉。泰戈尔的诗总是能给人带来一股振奋人心的力量，使人从中获得鼓舞。

飞鸟集

名师导读

《飞鸟集》是印度诗人泰戈尔的代表作之一，也是世界上最杰出的诗集之一，为无数迷茫的人带来了希望的光芒。飞鸟象征着泰戈尔的人生态度，代表他自由洒脱、诗意盎然的诗人特质，让我们一起徜徉在诗歌的海洋里，感受人生。

1

夏天的飞鸟，飞到我的窗前唱歌，又飞去了。

秋天的黄叶，它们没有什么可唱，只叹息一声，飞落在那里。

2

世界上的一队小小的漂泊者呀，请留下你们的足印在我的文字里。

3

世界对着它的爱人，把它浩瀚的面具揭下了。它变小了，小如一首歌，小如一回永恒的接吻。

4

是大地的泪点，使她的微笑保持着青春不谢。

5

广袤无垠的沙漠热烈地追求着一叶绿草的爱，但她摇摇头，笑起来，飞了开去。

6

[1] 如果错过太阳时你流了泪，那么你也要错过群星了。

❶象征……虽然只有短短两个句子，却用非常通俗易懂的语言来告诉人们，不要为了已经失去的而纠结，沉迷于过去的错失不如看向未来，眼光要往前看。

7

跳着舞的流水呀，在你途中的泥沙，要求你的歌声，你的流动呢。你肯挟跛足的泥沙而俱下吗？

8

她的热切的脸，如夜雨似的，搅扰着我的梦魂。

9

有一次，我们梦见大家都是不相识的。

我们醒了，却知道我们原是相亲相爱的。

10

忧思在我的心里平静下去，正如黄昏在寂静的林中。

11

有些看不见的手，如懒懒的微风似的，正在我的心上，奏着潺潺的乐声。

读书笔记

12

“海水呀，你说的是什么？”

“是永恒的疑问。”

“天空呀，你回答的话是什么？”

“是永恒的沉默。”

13

静静地听，我的心呀，听那世界的低语，这是它对你的爱的表示呀。

14

① 创造的神秘，有如夜间的黑暗——是伟大的；而知识的幻影，不过如晨间之雾。

15

不要因为峭壁是高的，便让你的爱情坐在峭壁上。

16

我今晨坐在窗前，“世界”如一个路人似的，停留了一会儿，向我点点头又走过去了。

17

② 这些微思，是树叶的簌簌之声呀，它们在我的心里欢悦地微语着。

18

你看不见你的真相，你所看见的，只是你的影子。

读书笔记

❶比喻

将创造比作黑夜，将知识比作晨雾，形象地表明：创造是对未知世界的探索，而知识不断更新，不断变化。

❷通感、拟人

无声息无生命的“微思”有着树叶的声音，有着人的笑语，打通了不同的感觉，赋予其灵动的生命。

19

主呀，我的那些愿望真是愚傻呀，它们杂在你的歌声中喧叫着呢。

让我只是静听着吧。

20

我不能选择那最好的。

是那最好的选择我。

21

❶比喻

这句话非常简洁，却很好地写出了前人作为先驱者把光明给予后来者，而让自己面对黑暗的精神。

① 那些把灯背在他们的背上的人，把他们的影子投到了自己前面。

22

我的存在，乃是所谓生命的一个永久的奇迹。

23

“我们，萧萧的树叶，都有声响回答那风和雨，你是谁呢，那样的沉默着？”

“我不过是一朵花。”

24

❷类比

通过类比眼睑和眼睛的关系，更能够直观地反映出休息和工作应该是共存的。

② 休息之隶属于工作，正如眼睑之隶属于眼睛。

25

人是一个初生的孩子，他的力量，就是生长的力量。

26

上帝希望我们酬答他的，在于他送给我们的花朵，而不在于太阳和土地。

27

光明如一个裸体的孩子，快快活活地在绿叶当中游戏，它不知道人是会欺诈的。

28

啊，美呀，在爱中找你自己吧，不要到你镜子的谄谀中去找寻呀。

29

我的心冲击着她的波浪，在“世界”的海岸上，蘸着眼泪在上边写着她的题记：“我爱你。”

30

“月儿呀，你在等候什么呢？”

“要致敬于我们必须给他让路的太阳。”

31

① 绿树长到了我的窗前，仿佛是喑哑的大地发出的渴望的声音。

①拟人

将绿树拟人化，赋予了绿树一种生的希望，表现了生长的力量。

32

神自己的清晨，在他自己看来也是新奇的。

33

生命因了“世界”的要求，得到它的资产，因了爱的要求，得到它的价值。

34

干的河床，并不感谢它的过去。

35

① 鸟儿愿为一朵云。

云儿愿为一只鸟。

36

② 瀑布歌道：“我得到自由时便有歌声了。”

37

我说不出这心为什么那样默默地颓丧着。

是为了它那不曾要求、不曾知道、不曾记得的小小的需要。

38

妇人，你在料理家务的时候，你的手足歌唱着，正如山间的溪水歌唱着在小石中流过。

39

太阳横过西方的海面时，对着东方，留下他的最后的敬礼。

40

③ 不要因为你自己没有胃口而去责备你的食物。

41

群树如表示大地的愿望似的，踮脚立着，向天空窥望。

❶对比

诗人用一种轻快的口吻，从鸟儿和云朵的角度写出了它们各自不同的愿望，童趣盎然。

❷拟人

将瀑布拟人化，赋予了瀑布人的思想和情感，更加具象地表达出了自由的力量。

❸说理

诗人从不一样的视角委婉地指出，我们不能因为自己的主观感受而对客观事物作出不公正的判断。

42

你微微地笑着，不同我说什么话，而我觉得，为了这个，我已等待得太久了。

读书笔记

43

水里的游鱼是沉默的，陆地上的兽类是喧闹的，空中的飞鸟是歌唱着的。但是人类却兼有海里的沉默、地上的喧闹与空中的音乐。

44

“世界”在踌躇之心的琴弦上跑过去，奏出忧郁的乐声。

45

① 他把他的刀剑当作他的神。

当他的刀剑胜利的时候他自己却失败了。

❶比喻

以刀剑比喻外部力量，意在说明过于依赖外在强力而导致自身不能发展或者退化。

46

神从创造中找到他自己。

47

② 阴影戴上她的面幕，秘密地、温顺地，用她的沉默的爱的脚步，跟在“光”后边。

❷拟人

说明光明或黑暗是互相依存、不可分割的。

48

群星不怕显得像萤火虫那样。

49

谢谢神，我不是一个权力的轮子，而是被压在这轮子下的活人之一。

50

心是尖锐的，不是宽博的，它执着在每一点上，却并不活动。

51

你的偶像委散在尘土中了，这可证明神的尘土比你的偶像还伟大。

读书笔记

52

人不能在他的历史中表现出他自己，他在历史中奋斗着露出头角。

53

玻璃灯因为瓦灯叫它做表兄而责备瓦灯，但明月出来时，玻璃灯却温和地微笑着，叫明月为——“我亲爱的，亲爱的姊姊。”

54

我们如海鸥之与波涛相遇似的，遇见了，走近了。海鸥飞去，波涛滚滚地流开，我们也分别了。

55

①日间的工作完了，于是我像一只拖在海滩上的小船，静静地听着晚潮跳舞的乐声。

❶比喻

将结束了白天工作的自己比喻成海滩上的小船，生动地写出了工作完之后的惬意。

56

我们的生命是天赋的，我们唯有献出生命，才能得到生命。

57

① 当我们是最为谦卑的时候，便是我们最近于伟大的时候。

58

麻雀看见孔雀负担着它的翎尾，替它担忧。

59

决不要害怕刹那——永恒之声这样唱着。

60

飓风于无路之中寻求最短之路，又突然地在“无何有之国”终止了它的追求。

61

在我自己的杯中，饮了我的酒吧，朋友。

一倒在别人的杯里，这酒的腾跳的泡沫便要消失了。

62

“完全”为了对“不全”的爱，把自己装饰得美丽。

63

神对人说道：“我医治你，所以要伤害你，我爱你，所以要惩罚你。”

64

谢谢火焰给你光明，但是不要忘了那执灯的人，他是坚忍地站在黑暗当中呢。

❶对比

诗人用了两个比较简洁的句子，写出了谦卑和伟大之间的关系，告诫人们要学会谦卑。

读书笔记

65

小草呀，你的脚步虽小，但是你拥有你脚下的土地。

66

❶拟人

生动形象地表达对“世界”的期许。

① 幼花开放了它的蓓蕾，叫道：“亲爱的世界呀，请不要萎谢了。”

67

神对于那些大帝国会感到厌恶，却决不会厌恶那些小的花朵。

68

❷对比

通过比较错误和真理面对失败时的不同反应，体现出真理是经得起时间检验的。

② 错误经不起失败，但是真理却不怕失败。

69

瀑布歌道：“虽然渴者只要少许的水便够了，我却很快活地给予了我全部的水。”

70

把那些花朵抛掷上去的那一阵子无休无止的狂欢大喜的劲儿，其源泉是在哪里呢？

71

樵夫的斧头，问树要斧柄。

树便给了他。

72

❸拟人

将黄昏拟人化，通过黄昏的叹息和悲伤来反映出诗人内心的悲伤。

③ 这寡独的黄昏，幕着雾与雨，我在我心的孤寂里，感觉到它的叹息了。

73

贞操是从丰富的爱情中生出来的资产。

读书笔记

74

雾，像爱情一样，在山峰的心上游戏，生出种种美丽的变幻。

75

我们把世界看错了，反说它欺骗我们。

76

诗人的风，正出经海洋和森林，求它自己的歌声。

77

① 每一个孩子出生时都带来信息说：神对人并未灰心失望呢。

①叙述
诗人用一种文艺的笔调，赞美童真的美好。

78

绿草求她地上的伴侣。

树木求他天空的寂寞。

79

人对他自己建筑起堤防来。

80

我的朋友，你的语声飘荡在我的心里，像那海水的低吟声，缭绕在静听着的松林之间。

读书笔记

81

这个不可见的黑暗之火焰，以繁星为其火花的，到底是什么呢？

82

①使生如夏花之绚烂，死如秋叶之静美。

❶比喻

诗人用简短的两句话，表达了自己的人生态度：活得有价值，有意义，并坦然地接受死亡。

83

那想做好人的，在门外敲着门；那爱人的，看见门敞开着。

84

在死的时候，众多合而为一；在生的时候，这“一”化而为众多。神死了的时候，宗教便将合而为一。

85

②艺术家是自然的情人，所以他是自然的奴隶，也是自然的主人。

❷比喻

诗人用艺术家和自然之间相互矛盾却相互依存的关系，解释了艺术家应该热爱自然，尊重自然。

86

“你离我有多远呢，果实呀？”

“我藏在你心里呢，花呀。”

87

这个渴望是为了那个在黑夜里感觉得到，在大白天里却看不见的人。

88

露珠对湖水说道：“你是在荷叶下面的大露珠，我是在荷叶上面的较小的露珠。”

89

刀鞘保护刀的锋利，它自己则满足于它的迟钝。

90

在黑暗中，“一”视如一体；在光亮中，“一”便视如众多。

91

① 大地借助于绿草，显出她自己的殷勤好客。

❶拟人

写出了春天来到，万物复苏，展示了大地上万物的勃勃生机和大地母亲的博爱。

92

绿叶的生与死乃是旋风的急骤的旋转，它的更广大的旋转的圈子乃是在天上繁星之间徐缓的转动。

93

权势对世界说道：“你是我的。”

世界便把权势囚禁在她的宝座下面。

爱情对世界说道：“我是你的。”

世界便给予爱情以在她屋内来往的自由。

读书笔记

94

浓雾仿佛是大地的愿望。

它藏起了太阳，而太阳原是她所呼求的。

95

安静些吧，我的心，这些大树都是祈祷者呀。

96

瞬刻的喧声，讥笑着永恒的音乐。

97

我想起了浮泛在生与爱与死的川流上的许多别的时代，以及这些时代之被遗忘，我便感觉到离开尘世的自由了。

98

我灵魂里的忧郁就是她的新婚的面纱。

这面纱等候着在夜间卸去。

99

死之印记给生的钱币以价值；使它能够用生命来购买那真正的宝物。

100

[1] 白云谦逊地站在天之一隅。

晨光给它戴上霞彩。

❶拟人

将白云和晨光拟人化，让晨曦之景更富灵动气息。

101

尘土受到损辱，却以她的花朵来报答。

102

只管走过去，不必逗留着采了花朵来保存，因为一路上，花朵自会继续开放的。

103

根是地下的枝。

枝是空中的根。

104

远远去了的夏之音乐，翱翔于秋间，寻求它的旧垒。

105

不要从你自己的袋里掏出勋绩借给你的朋友，这是污辱他的。

106

[1] 无名的日子的感触，攀缘在我的心上，正像那绿色的苔藓，攀缘在老树的周身。

❶比喻 将“我”心上的感触比喻为攀在树上的苔藓，生动地表达了诗人心中挥之不去的愁绪。

107

回声嘲笑她的原声，以证明她是原声。

108

当富贵利达的人夸说他得到神的特别恩惠时，上帝却羞了。

109

我投射我自己的影子在我的路上，因为我有一盏还没有燃点起来的明灯。

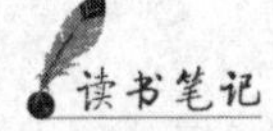

110

人走进喧哗的群众里去，为的是要淹没他自己的沉默的呼号。

111

终止于衰竭的是“死亡”，但“圆满”却终止于无穷。

❶拟人

将山峰拟人化，“举起他们的双臂”“捉天上的星星”，想象丰富，生动有趣，更使群峰竞秀的画面热烈起来，富于动感。

❷借代

道路“拥挤”和“寂寞”两个不同的状态，指“不被爱”的失落状态。

读书笔记

112

太阳穿一件朴素的光衣，白云却披了灿烂的裙裾。

113

①山峰如群儿之喧嚷，举起他们的双臂，想去捉天上的星星。

114

②道路虽然拥挤，却是寂寞的，因为它是不被爱的。

115

权威以它的恶行自夸，落下的黄叶与浮游的云片却在笑它。

116

今天大地在太阳光里向我哼鸣，像一个织着布的妇人，用一种已经被忘却的语言，哼着一些古代的歌曲。

117

绿草是无愧于它所生长的伟大世界的。

118

梦是一个一定要谈话的妻子。

睡眠是一个默默忍受的丈夫。

119

夜与逝去的日子亲吻，轻轻地在他耳旁说道：“我是死，是你的母亲。我就要给你以新的生命。”

120

黑夜呀，我感觉到你的美了，你的美如一个可爱的妇人，当她把灯灭了的时候。

121

我把在那些已逝去的世界上的繁荣带到我的世界上来。

122

① 亲爱的朋友呀，当我静听着海涛时，我好几次在暮色深沉的黄昏里，在这个海岸上，感到你的伟大思想的沉默了。

❶比喻

将伟大的思想比作暮色中的海涛，突出了伟大的思想有多么博大、有力，并且需要人们沉下心来仔细听，才能领略它的魅力。

123

鸟以为把鱼举在空中是一种慈善的举动。

124

夜对太阳说道："在月亮中，你送了你的情书给我。"

"我已在绿草上留下了我的流着泪点的回答了。"

125

伟人是一个天生的孩子，当他死时，他把他的伟大的孩提时代给了世界。

126

② 不是槌的打击，乃是水的载歌载舞，使鹅卵石臻于完美。

❷拟人

把河水拟人化，说它在歌舞，诠释了柔能克刚的道理。

读书笔记

127

蜜蜂从花中啜蜜，离开时嘤嘤地道谢。

浮华的蝴蝶却相信花是应该向它道谢的。

128

如果你不等待着要说出完全的真理，那么把话说出来是很容易的。

129

“可能”问“不可能”道：“你住在什么地方呢？”

它回答道：“在那无能为力者的梦境里。”

130

[1]你把所有的错误都关在门外时，真理也要被关在外面了。

❶说理　诗人用一种比较直白的语言告诉人们，不要害怕错误，只有经历过错误，才能找到真理。

131

我听见有些东西在我心的忧闷后面萧萧作响——我不能看见它们。

132

闲暇在运动时便是工作。

静止的海水荡动时便成波涛。

133

绿叶恋爱时便成了花。

花崇拜时便成了果实。

134

埋在地下的树根使树枝产生果实，却不要什么报酬。

135

阴雨的黄昏，风无休止地吹着。

我看着摇曳的树枝，想念着万物的伟大。

136

① 子夜的风雨，如一个巨大的孩子，在不合时宜的黑夜里醒来，开始游戏和喧闹。

137

海呀，你这暴风雨的孤寂的新妇呀，你虽掀起波浪追随你的情人，但是无用呀。

138

② 文字对作品说道："我惭愧我的空虚。"

作品对文字说道："当我看见你时，我便知道我是怎样地贫乏了。"

139

时间是变化的财富，但时钟在它的游戏文章里却使它只不过是变化而没有财富。

140

③ 真理穿了衣裳，觉得事实太拘束了。在想象中，她却转动得很舒畅。

❶比喻

把夜写活了，比喻充满奇特的想象力，有一种孩子气的调皮和活泼气息。

❷拟人

诗人将文字和作品拟人化，通过文字和作品之间的对话，揭示出文字和文学作品之间的关系——文字组成了作品，作品赋予文字意义。

❸拟人

将真理拟人化，赋予人的动作。这段话传达出追求真理应该更自由的意思。

141

当我到这里、到那里旅行着时，路呀，我厌倦你了；但是现在，当你引导我到各处去时，我便爱上你，与你结婚了。

142

读书笔记

让我设想，在群星之中，有一颗星是指导着我的生命通过不可知的黑暗的。

143

妇人，你用了你美丽的手指，触着我的什物，秩序便如音乐似的生出来了。

144

一个忧郁的声音，筑巢于逝水似的年华中。

它在夜里向我唱道——“我爱你。”

145

读书笔记

燃着的火，以它熊熊的光焰警告我不要走近它。把我从潜藏在灰中的余烬里救出来吧。

146

我有群星在天上，

但是，唉，我屋里的小灯却没有点亮。

147

死文字的尘土沾着你。

用沉默去洗净你的灵魂吧。

148

生命里留了许多罅隙，在这些罅隙中，送来了死之忧郁的音乐。

149

① 世界已在早晨敞开了它的光明之心。

出来吧，我的心，带着你的爱去与它相会。

❶拟人

诗人将世界拟人化，表明世界充满光明，值得我们去爱，去拥抱。

150

我的思想随着这些闪耀的绿叶而闪耀着，我的心灵接触着这日光也唱了起来；

我的生命因为偕了万物一同浮泛在空间的蔚蓝、时间的墨黑中，正在快乐着呢。

151

神的巨大的威权是在柔和的微风里，而不在狂风暴雨之中。

152

在梦中，一切事都散漫着，都压着我，但这不过是一个梦呀。当我醒来时，我便将觉得这些事都已聚集在你那里，我也便将自由了。

153

落日问道："有谁继续我的职务呢？"

瓦灯说道："我要尽我所能地去做，我的主人。"

154

采着花瓣时，得不到花的美丽。

155

①沉默蕴蓄着语声，正如鸟巢拥围着睡鸟。

❶类比

沉默静息的表象下隐藏着鲜活和灵动的生命和气息。

156

大的不怕与小的同游。

居中的却远而避之。

157

夜秘密地把花开放了，却让白日去领受谢词。

158

权力认为牺牲者的痛苦是忘恩负义。

159

当我们以我们的充实为乐时，那么，我们便能很快乐地跟我们的果实分手了。

160

②雨点吻着大地，微语道——“我们是你的思家的孩子，母亲，我们现在从天上回到你这里来了。”

❷拟人、比喻

运用了拟人和比喻的修辞方法，把雨点比作孩子，大地比作母亲，描写了细雨天温暖舒心的场景，用一种生动的方式写出了雨的形成原理。

161

蛛网好像要捉露珠，却捉住了苍蝇。

162

爱情呀，当你手里拿着点亮了的痛苦之灯走来时，我能够看见你的脸，而且以你为幸福。

163

① 萤火虫对天上的星星说道："学者说你的光明，总有一天会消灭的。"

天上的星星不回答它。

❶拟人

用拟人的问与答来表明：真正伟大的生命是谦逊而含蓄的。

164

在黄昏的微光里，有那清晨的鸟儿来到了我的沉默的鸟巢里。

165

思想掠过我的心上，如一群野鸭飞过天空。

我听见它们的鼓翼之声了。

读书笔记

166

沟洫总喜欢想：河流的存在，是专为它供给水流的。

167

世界以它的痛苦同我接吻，而要求我以歌声作报酬。

168

压迫着我的，到底是我的想要外出的灵魂呢，还是那世界的灵魂，敲着我心的门想要进来呢？

169

② 思想以它自己的语言喂养它自己，而成长起来。

❷拟人

生动形象地写明了思想通过自我反思和审视来实现成长成熟。

170

我把我的心之碗轻轻浸入这沉默之时刻中，它充满爱了。

171

或者你在做着工作，或者你没有。

当你不得不说："让我们做些事吧。"那么就要开始胡闹了。

172

①向日葵羞于把无名的花朵看作它的同胞。

太阳升上来了，向它微笑，说道："你好么，我的宝贝儿？"

❶拟人 将向日葵和太阳拟人化，生动形象地写出了太阳普照大地，平等地看待一切生命。

173

"谁如命运似的催着我向前走呢？"

"那是我自己，在身背后大跨步走着。"

174

云把水倒在河的水杯里，它们自己却藏在远山之中。

175

②我一路走去，从我的水瓶中漏出水来，只剩下极少极少的水供我回家使用了。

❷象征 用一路漏出水来象征一路地帮助别人，付出很多，最后只给自己留下极少的东西。

176

杯中的水是光辉的；海中的水却是黑色的。

小理可以用文字来说清楚；大理却只有沉默。

177

你的微笑是你自己田园里的花，你的谈吐是你自己山上的松林的萧萧；但是你的心呀，却是那个女人，那个我们全都认识的女人。

178

我把小小的礼物留给我所爱的人——大的礼物却留给一切的人。

179

妇人呀，你用你的眼泪包绕着世界的心，正如大海包绕着大地。

180

① 太阳以微笑向我问候。

雨，他的忧闷的姐姐，向我的心谈话。

❶拟人

将太阳和雨这两种自然现象拟人化，说明大自然既给我温暖和鼓励，也给我心里带来抚慰，透露出一种积极的生活气息。

181

我的昼间之花，落下它那被遗忘的花瓣。

在黄昏中，这花成熟为一颗记忆的金果。

182

我像那夜间之路，正静悄悄地谛听着记忆的足音。

183

② 黄昏的天空，在我看来，像一扇窗户，一盏灯火，灯火背后的一次等待。

❷比喻

生动形象地写出了天空蕴含着的希望。

184

太急于做好事的人，反而找不到时间去做好事。

185

我是秋云，空空地不载着雨水，但在成熟的稻田中，可以看见我的充实。

读书笔记

186

他们嫉妒，他们残杀，人反而称赞他们。

然而上帝却害了羞，匆匆地把他的记忆埋藏在绿草下面。

187

脚趾乃是舍弃了其过去的手指。

188

黑暗向光明旅行，但是盲者却向死亡旅行。

189

小狗疑心大宇宙阴谋篡夺它的位置。

190

① 静静地坐着吧，我的心，不要扬起你的尘土。让世界自己寻路向你走来。

❶拟人　诗人将自己的心拟人化，传达出深刻的哲理，告诉人们要让心安宁，才能领略生活的真谛和世界的真理。

191

弓在箭要射出之前，低声对箭说道——“你的自由就是我的。”

192

妇人，在你的笑声里有着生命之泉的音乐。

193

② 全是理智的心，恰如一柄全是锋刃的刀。它叫使用它的人手上流血。

❷比喻　将“全是理智的心”比喻成一把锋利的刀，写出了过于理智带来的弊端。

194

神爱人间的灯光甚于他自己的大星。

195

这世界乃是为美之音乐所驯服了的、狂风骤雨的世界。

196

夕照中的云彩向太阳说道："我的心经了你的接吻，便似金的宝箱了。"

197

接触着，你或许会杀害；远离着，你或许会占有。

198

①蟋蟀的唧唧，夜雨的淅沥，从黑暗中传到我的耳边，好似我已逝的少年时代沙沙地来到我的梦境中。

199

花朵向失落了它所有的星辰的曙天叫道："我的露珠全失落了。"

200

②燃烧着的木块，熊熊地生出火光，叫道——"这是我的花朵，我的死亡。"

201

黄蜂认为邻蜂储蜜之巢太小。

他的邻人要他去建筑一个更小的。

读书笔记

❶类比

诗人从视觉和听觉两个层面，以"蟋蟀""夜雨""黑暗"来描写了一幅寂静夜晚的画面，突出了诗人对少年时光的怀念。

❷拟人

将木块拟人化，使得情感更加丰富，也突出了木块燃烧自己，为他人奉献的特点。

202

①河岸向河流说道："我不能留住你的波浪。让我保存你的足印在我的心里吧。"

❶拟人
将河岸与河流的关系用一个浪漫的故事表现出来，充满了想象力。

203

白日以这小小的地球的喧扰，淹没了整个宇宙的沉默。

204

②歌声在天空中感到无限，图画在地上感到无限，诗呢，无论在空中、在地上都是如此。

因为诗的词句含有能走动的意义与能飞翔的音乐。

❷对比
将诗歌与音乐、图画这两种艺术进行对比，突出了诗歌的特点——既有画面感又有韵律感，既有时间性又有空间性。

205

太阳在西方落下时，他的早晨的东方已静悄悄地站在他面前。

206

让我不要错误地把自己放在我的世界里而使它反对我。

207

荣誉羞着我，因为我暗地里求着它。

208

当我没有什么事做时，便让我不做什么事，不受骚扰地沉入安静深处吧，一如海水沉默时海边的暮色。

读书笔记

209

少女呀，你的纯朴，如湖水之碧，表现出你的真理之深邃。

210

最好的东西不是独来的，

它伴了所有的东西同来。

211

神的右手是慈爱的，但是他的左手却可怕。

212

我的晚色从陌生的树木中走来，它用我的晓星所不懂得的语言说话。

213

① 夜之黑暗是一只口袋，迸出黎明的金光。

214

我们的欲望把彩虹的颜色，借给那只不过是云雾的人生。

215

神等待着，要从人的手上把他自己的花朵作为礼物赢回去。

216

② 我的忧思缠绕着我，要问我它自己的名字。

读书笔记

❶比喻

将夜的黑暗比作一只口袋，生动形象地突出了夜晚黑暗的特点——笼罩包围一切，而又透出希望的光。

❷拟人

诗人将忧思拟人化，通过“缠绕”这个动作突出了诗人内心无名的烦闷。

217

果的事业是尊贵的，花的事业是甜美的；但是让我做叶的事业吧，叶是谦逊地、专心地垂着绿荫的。

218

读书笔记

我的心向着阑珊的风，张了帆，要到无论何处的荫凉之岛去。

219

独夫们是凶暴的，但人民是善良的。

220

把我当作你的杯吧，让我为了你，而且为了你的人而盛满水吧。

221

①狂风暴雨像是那因他的爱情被大地所拒绝而在痛苦中的天神的哭声。

❶比喻

将狂风暴雨比成天神的哭声，形象地描写出了狂风暴雨的巨大声响。

222

世界不会流失，因为死亡并不是一个罅隙。

223

生命因为失去了的爱情而更为富足。

224

②我的朋友，你伟大的心闪射出东方朝阳的光芒，正如黎明中的一个积雪的孤峰。

❷比喻

将心比作孤峰，生动形象地写出了心灵崇高光明，圣洁而伟大。

225

死之流泉，使生的止水跳跃。

226

那些有一切东西而没有您的人，我的神，在讥笑着那些没有别的东西而只有您的人呢。

227

生命的运动在它自己的音乐里得到它的休息。

读书笔记

228

踢足只能从地上扬起尘土而不能得到收获。

229

我们的名字，便是夜里海波上发出的光，痕迹也不留就泯灭了。

230

让睁眼看着玫瑰花的人也看看它的刺。

231

[1]鸟翼上系上了黄金，这鸟便永不能再在天上翱翔了。

①借代 用黄金代指金钱或一切物质欲望，说明我们越是看重它们，便越是受它们束缚和拖累。

232

我们地方的荷花又在这陌生的水上开了花，放出同样的清香，只是名字换了。

233

在心的远景里，那相隔的距离显得更广阔了。

234

[1] 月儿把她的光明遍照在天上，却留着她的黑斑给她自己。

235

不要说："这是早晨了。"别用一个"昨天"的名词把它打发掉。

把它当作第一次看到的还没有名字的新生孩子吧。

236

青烟对天空夸口，灰烬对大地夸口，都以为它们是火的兄弟。

237

[2] 雨点向茉莉花微语道："把我永久地留在你的心里吧。"

茉莉花叹息了一声，落在地上了。

238

怏怯的思想呀，不要怕我。

我是一个诗人。

239

[3] 我的心在朦胧的沉默里，似乎充满了蟋蟀的鸣声——那灰色的微明的歌声。

240

爆竹呀，你对群星的侮蔑，又跟着你自己回到地上来了。

❶拟人

诗人将月儿拟人化，赋予了人的情感，月儿将光明照在天上，把黑暗留给自己，彰显出了月儿的无私。

❷拟人

用雨点、茉莉花两个清新、纯美的小小的生命符号，来表达生命对永恒的追求和生命本身短暂的叹息。淡淡的伤感会触发我们对生命的沉思。

❸通感

诗人综合调动了视觉、听觉来表达一种朦胧的意象：在不明晰的朦胧的沉闷生活当中，总是有不明晰但又随时闪现的明亮和希望鼓舞着我们。

241

您曾经带领着我，穿过我的白天的拥挤不堪的旅行，而到达了我的黄昏的孤寂之境。

在通宵的寂静里，我等待着它的意义。

读书笔记

242

我们的生命就似渡过一个大海，我们都相聚在这个狭小的舟中。

死时，我们便到了岸，各往各的世界去了。

243

真理之川从它的错误之沟渠中流过。

244

[1] 今天我的心是在想家了，在想着那跨过时间之海的那一个甜蜜的时候。

❶抒情 诗人通过写“我的心”在想家，更加凸显出自己的思乡之情。

245

鸟的歌声是曙光从大地反响过去的回声。

246

晨光问毛莨道：“你是骄傲得不肯和我接吻么？”

247

小花问道：“我要怎样地对你唱，怎样地崇拜你呢，太阳呀？”

太阳答道：“只要用你的纯洁的素朴的沉默。”

248

当人是兽时，他比兽还坏。

249

①黑云受光的亲吻时便变成天上的花朵。

❶拟人

将光和黑云拟人化，生动形象地凸显出了光的伟大、光的力量。

250

不要让刀锋讥笑它柄子的拙钝。

251

夜的沉默，如一个深深的灯盏，银河便是它燃着的灯光。

252

死像大海的无限的歌声，日夜冲击着生命的光明岛的四周。

253

②花瓣似的山峰在饮着日光，这山岂不像一朵花吗？

❷反问

诗人通过一个反问句，加强了语气，凸显出日光下的山峰更加秀美。

254

“真实”的含义被误解、轻重被倒置，那就成了“不真实”。

255

我的心呀，从世界的流动中找你的美吧，正如那小船得到风与水的优美似的。

256

眼不能以视来骄人，却以它们的眼镜来骄人。

257

我住在我的这个小小的世界里，生怕使它再缩小一丁点儿。

把我抬举到您的世界里去吧，让我高高兴兴地失去我的一切的自由。

258

虚伪永远不能凭借它生长在权力中而变成真实。

259

① 我的心，同着它的歌的节拍舐岸的波浪，渴望着要抚爱这个阳光熙和的绿色世界。

260

道旁的草，爱那天上的星吧，那么，你的梦境便可在花朵里实现了。

261

让你的音乐如一柄利刃，直刺入市井喧扰的心中吧。

262

这树的颤动之叶，触动着我的心，像一个婴儿的手指。

263

② 小花睡在尘土里。

它寻求蛱蝶走的道路。

264

我是在道路纵横的世界上。

读书笔记

❶抒情

诗人为我们描绘了一幅十分美好且安谧的画面，通过“舐岸”“抚爱”这两个动作表现出甜蜜和喜悦的情感。

❷拟人

将小花和蛱蝶拟人化，通过“睡”这个动作形象生动地写出了小花的慵懒状态。

夜来了。打开您的门吧，家之世界啊。

265

我已经唱过了您的白天的歌。

在黄昏的时候，让我拿着您的灯走过风雨飘摇的道路吧。

266

我不要求你进我的屋里。

你到我无量的孤寂里来吧，我的爱人！

267

死亡隶属于生命，正与出生一样。

举足是在走路，正如放下足也是在走路。

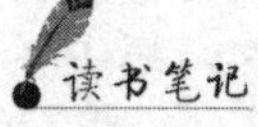

268

我已经学会你在花与阳光里微语的意义。——再教我明白你在苦与死中所说的话吧。

269

夜的花朵来晚了，当早晨吻着她时，她战栗着，叹息了一声，萎落在地上了。

270

[1] 从万物的愁苦中，我听见了“永恒母亲”的呻吟。

271

大地呀，我到你岸上时是一个陌生人，住在你屋内时是一个宾客，离开你的门时是一个朋友。

❶拟人

诗人通过写“我”听见永恒母亲的呻吟，表达了自己对世间万物的悲悯之情。

272

[1] 当我走时，让我的思想到你那里去，如那夕阳的余光，映在沉默的星天的边上。

273

在我的心头燃点起那休憩的黄昏之星吧，然后让黑夜向我微语着爱情。

274

我是一个在黑暗中的孩子。

我从夜的被单里向您伸出我的双手，母亲。

275

白天的工作完了。把我的脸掩藏在您的臂间吧，母亲。让我入梦吧。

276

集会时的灯光，点了很久；会散时，灯便立刻灭了。

277

当我死时，世界呀，请在你的沉默中，替我留着“我已经爱过了”这句话吧。

278

我们在热爱世界时便生活在这世界上。

279

让死者有那不朽的名，但让生者有那不朽的爱。

❶比喻

诗人用夕阳眷恋星天表达自己的思想，用可视的意象表达了一种思念之情。

读书笔记

280

[①] 我看见你，像那半醒的婴孩在黎明的微光里看见他的母亲，于是微笑而又睡去了。

❶类比　非常形象地写出了二人之间深厚的情感。

281

我将死了又死，以明白生是无穷无竭的。

282

当我和拥挤的人群一同在路上走过时，我看见您从阳台上送过来的微笑，我歌唱着，忘却了所有的喧哗。

283

[②] 爱就是充实了的生命，正如盛满了酒的酒杯。

❷比喻　将爱比作盛满了酒的酒杯，形象地说明了爱和生命的关系。

284

他们点了他们自己的灯，在他们的寺院内，吟唱他们自己的话语。

但是小鸟们却在你的晨光中，唱着你的名字——因为你的名字便是快乐。

285

领我到您的沉寂的中心，使我的心充满了歌吧。

286

让那些选择了他们自己的焰火嘶嘶的世界的，就生活在那里吧。

我的心渴望着您的繁星，我的神。

287

爱的痛苦环绕着我的一生，像汹涌的大海似的唱着；而爱的快乐却像鸟儿们在花林里似的唱着。

288

假如您愿意，您就熄了灯吧。

我将明白您的黑暗，而且将喜爱它。

289

当我在那日子的终了，站在您的面前时，您将看见我的伤疤，而知道我有我的许多创伤，但我也有我的医治的法儿。

290

总有一天，我要在别的世界的晨光里对你唱道："我以前在地球的光里，在人的爱里，已经见过你了。"

291

从别的日子里飘浮到我的生命里的黑云，不再落下雨点或引起风暴了，却只给予我的夕阳的天空以色彩。

292

真理引起了反对它自己的狂风骤雨，那场风雨吹散了真理的广播的种子。

293

[1] 昨夜的风雨给今日的早晨戴上了金色的和平。

❶借代

诗人用"昨夜的风雨"来指代"生活中的困难"，而"金色的和平"则是指代胜利，告诉人们要坚持斗争。

294

真理仿佛带了它的结论而来，而那结论却产生了它的第二个。

295

他是有福的，因为他的名望并没有比他的真实更光亮。

296

①您的名字的甜蜜充溢着我的心，而我忘掉了我自己的——就像您的早晨的太阳升起时，那大雾便消失了。

❶类比

诗人用一种温暖柔和的笔调，写出了“您的名字”给自己人生带来的巨大变化，从中能够体会到榜样的力量。

297

静悄悄的黑夜具有母亲的美丽，而吵闹的白天具有孩子的美丽。

298

当人微笑时，世界爱了他。但他大笑时，世界便怕他了。

299

神等待着人在智慧中重新获得童年。

300

②让我感到这个世界乃是您的爱的成形吧，那么，我的爱也将帮助着它。

❷抒情

诗人反复强调了“爱”这个字带来的巨大力量，因为爱才构成了世界，突出了爱的伟大。

301

您的阳光对着我的心头的冬天微笑着，从来不怀疑它的春天的花朵。

302

神在他的爱里吻着“有涯”，而人却吻着“无涯”。

303

① 您横越过不毛之地的沙漠而到达了圆满的时刻。

❶借代 诗人用非常具象化的“不毛之地的沙漠”来指代生活中遇到的所有艰难，告诉人们生命只有经历过荒芜才能到达圆满。

304

神的静默使人的思想成熟为语言。

305

“永恒的旅客”呀，你可以在我的歌中找到你的足迹。

306

让我不至羞辱您吧，父亲，您在您的孩子们身上显出您的光荣。

307

这一天是不快活的。② 光在蹙额的云下，如一个被责打的儿童，灰白的脸上留着泪痕，风又号叫着似一个受伤的世界的哭声。但是我知道我正跋涉着去会我的朋友。

❷拟人、比喻 诗人从视觉和听觉两个层面，写出了难过的具体状态，同时用拟人和比喻的修辞，使得诗歌语言更加优美。

308

今天晚上棕榈叶在嚓嚓地作响，海上有大浪，满月啊，就像世界在心脉悸跳。

从什么不可知的天空，您在您的沉默里带来了爱的痛苦的秘密？

309

我梦见一颗星，一个光明岛屿，我将在那里出生，而在它的快速的闲暇深处，我的生命将成熟它的事业，像在秋天的阳光下的稻田。

310

[①] 雨中的湿土的气息，就像从渺小的无声的群众那里来的一阵巨大的赞美歌声。

①通感

诗人从嗅觉（“湿土的气息”）以及听觉（“赞美的歌声”）凸显出了这个气息背后所蕴含的巨大能量。

311

说爱情会失去的那句话，乃是我们不能够当作真理来接受的一个事实。

312

我们有一天将会明白，死永远不能够夺去我们的灵魂所获得的东西，因为她所获得的，和她自己是一体。

313

神在我的黄昏的微光中，带着花到我这里来，这些花都是我过去的，在他的花篮中，还保存得很新鲜。

314

主呀，当我的生之琴弦都已调得谐和时，你的手的一弹一奏，都可以发出爱的乐声来。

读书笔记

315

让我真真实实地活着吧，我的神哪，这样，死对于我也就成了真实的了。

316

人类的历史很忍耐地在等待着被侮辱者的胜利。

317

我这一刻感到你的眼光正落在我的心上，像那早晨阳光中的沉默落在已收获的孤寂的田野上一样。

读书笔记

318

我渴望着歌的岛屿立在这喧哗的波涛起伏的海中。

319

①夜的序曲是开始于夕阳西下的音乐，开始于它对难以形容的黑暗所作的庄严的赞歌。

❶比喻

将夜晚的开始比喻成夕阳下的音乐、对黑暗的赞歌，有一种英勇向前、慷慨赴难的气概，给傍晚赋予了一种神圣的气息。

320

我攀登上高峰，发现在名誉的荒芜不毛的高处，简直找不到一个遮身之地。我的引导者啊，领导着我在光明逝去之前，进到沉静的山谷里去吧。在那里，生的收获将会成熟为黄金的智慧。

321

在这个黄昏的朦胧里，好些东西看来都仿佛是幻象一般——尖塔的底层在黑暗里消失了，树顶像是墨水的模糊的斑点似的。我将等待着黎明，而当我醒来的时候，就会看到在光明里的您的城市。

322

我曾经受苦过，曾经失望过，曾经体会过“死亡”，于是我以我在这伟大的世界里为乐。

323

②在我的一生里，也有贫乏和沉默的地域。它们是

❷比喻

诗人简单地总结了自己的一生，从这句话中，突出了“沉默”与“贫乏”带给诗人的放松的感觉。

我忙碌的日子得到阳光与空气的几片空旷之地。

324

我的未完成的过去，从后边缠绕到我身上，使我难于死去，请从它那里释放了我吧。

读书笔记

325

我相信你的爱，让这句话做我的最后的话。

精华赏析

《飞鸟集》表现了作者深层的精神追求，富有哲理。泰戈尔真诚地赞美大自然，描绘自然万物的灵性，展现了人与自然的和谐共生，表达了生命的自由、平等、博爱的精神，书写了丰富隽永的人生哲理。

延伸思考

第 243 首小诗，写到了真理是从错误中“流过”，你对此有什么感悟？

相关评价

《飞鸟集》里面选取的题材大部分是来自大自然，如小草、流萤、落叶、飞鸟、河流等，虽平常但也意义深刻，读这些小诗时的感受也是很轻快的，就如同在初夏暴雨后的早晨，推开窗户，看到一派清新明亮的景色，能够给人思想的启迪和心灵的慰藉，受到来自大自然的力量的鼓舞。

采果集

名师导读

《采果集》内容丰富，阅读本诗集的时候能感悟到诗人对生命的思考。那么，我们就一同走进诗歌中，和诗人来一次心灵的碰撞吧！

1

请吩咐我吧，我将采集自己的果实，一筐筐送往你的庭院，虽然有些已然掉落，有些尚未成熟。

这丰收的季节早已不堪负载，而牧羊人那哀怨的笛声正自浓荫深处传来。

请吩咐我吧，我将扬帆起航，在那河面上。

①躁动的三月的风啊，它将迟缓的浪涛吹得哗啦啦响。

果园已奉献了它的所有，在这倦怠的黄昏时分，夕阳的余晖洒落，而你的呼唤正自岸边的小屋传来。

2

年轻时，我的生命犹如一朵花——当和暖的春风到

❶拟人

诗人运用拟人的修辞手法，给三月的风赋予了人的情感，“躁动”一词把风的状态表现得活灵活现，然后诗人从听觉和视觉两个层面来突出这一点。

她的门前恳求的时候，她便从富丽繁花中摇落一瓣两瓣，并从不感到失去了什么。

❶比喻

将自己的生命比作一颗果实，生动形象地写出了对于青春逝去的坦然接受，以及迎接生命成熟期的喜悦。

① 当青春逝去时，我的生命犹如一颗果实，她无法再给予什么，唯有奉献出她自己以及她满满的甜蜜。

…………

4

我在黎明中醒来，看到他的信。

我不知道信里说了些什么，因为我不识字。

我不去麻烦智者，让智者去读他的书吧，谁知他能否理解这信里的话。

我将信高高举起，放到额头，贴在心口。

当星光闪烁，夜深人静时，我将信摊开，放在膝上，安静地守候。

❷拟人

诗人将树叶、流水和智慧七星都拟人化了，生动形象地表达出诗人内心喜悦的情感。

② 树叶沙沙地响，高声为我读信，流水低声呢喃，轻柔念出这封信，而天际闪烁的智慧七星则为我把信吟唱。

我寻不到我所求，也不理解我所知，却因为这封无法解读的信减轻了心底的负累，使我的思绪都化为了歌。

5

当我不懂你的时候，哪怕一捧尘沙也能遮掩你的暗示。

如今的我已然明晓事理，于是悟出了以往被掩藏的所有含义。

我将它绘成片片花瓣，缀以浪花和泡沫，使它闪闪发光，而后让群山将之高高举起，捧上山巅。

以前，我从你面前转开脸，因此没能正确理解那些信件的含义。

6

在有路的地方，我迷失了道路。

大海浩渺，天空湛蓝，却寻不到道路的痕迹。

群鸟振翅，星火闪耀，四季变换的繁花似锦，已将道路遮掩。

① 于是我扪心自问，是否血液中蕴含了智慧，能寻见那看不见的道路。

❶疑问

从这句话中可以看到诗人内心的疑惑，同时也值得我们每个人反思：我们是否有足够的智慧来使我们找到属于自己的人生之路？

7

唉，这家也将不再是我的家，我也无法继续留在这里。因为，那永恒的异乡人正沿着大路走来，边走边呼唤。

他的脚步声声叩击着我的胸膛，让人痛苦！

风大起来了，海在呻吟。

我抛弃一身的烦恼与忧虑，追逐那漂泊无依的波浪。因为，那永恒的异乡人正沿着大路走来，边走边呼唤我。

8

我的心啊，准备好了就出发吧！而那些必须留下的人，就徘徊不前吧。

清晨的天空中已经传来对你的呼唤。

不必再等了！

② 花蕾渴望夜与露，而绽放的鲜花则呼唤着阳光中的自由。

❷对比

将花蕾和绽放的鲜花进行对比，表达了作者对自由的渴望。

我的心啊，冲出你的庇护所，去吧！

9

我好似一条蛀虫，留恋于自己累积的财富之中，于黑暗中啃噬贪婪滋生的果实。

这腐朽的监牢啊，我要离开。

①我不愿就这样在平静中腐朽，我要去追寻那青春的永恒；我将抛开那些无法融入我生命的东西，抛开那些不似我笑声般轻盈的负累。

❶排比 这两个排比句对仗工整，增强了文章的气势，抒发了诗人的追求。

我在时间里奔跑，而我的心，在你的四轮马车里，看吟游诗人轻歌曼舞。

10

你牵着我的手，将我拉至身边，当着众人的面，让我坐上高位。我小心翼翼无法动弹，举步维艰。我疑虑重重，每走一步都兢兢战战，生怕踩上他人蔑视的荆棘。

终于，我解脱了！

当打击降临，当羞辱的鼓声响起，我的位置瞬间跌落尘埃。

我面前的道路已敞开。

我渴望的天空正期待我张开双翼。

我要飞上夜空与星星会合，投入阴影深邃的怀抱中。

②我好似夏季被暴风雨追逐的云朵，丢掉金冠，化作利剑，将霹雳挂上闪电的链环。

❷比喻 诗人将自己比作云朵，形象生动地突出了此时诗人想要披荆斩棘的状态。

我大喜过望，奔跑在卑贱者才踏足的尘土飞扬的小路上，我距离你的欢迎越来越近了。

当婴孩脱离母体，才能看到自己的母亲。

当我被驱离你的家，远离了你，才能毫无顾忌地凝望你的容颜。

11

缀满珠玉的项链啊，它不是在装点我，而是在嘲笑我。

它缀在我颈上，磨痛了我的肌肤，每当我想将它用力扯下，它便会让我无法呼吸。

它卡住了我的咽喉，使我不能歌唱。

我的主人啊，如果我将它奉于你，我便能获得解脱。

① 请你将它带走吧，换给我一只花环，将我系于你的身边，因为脖颈上这缀满珠宝的项链让我感到羞愧，无法安然站在你的面前。

12

在深深的下方，朱木拿河奔流着，湍急又清澈，堤岸静静矗立着，眉头轻皱。

周围是苍翠的林木，环绕的高山被激流划出道道伤痕。

锡克教的大师高文达正端坐在岩石之上，诵读经文，而他的门徒拉古纳斯却想向他炫耀自己的富贵。他向大师行礼道："我将为您献上一份薄礼，不成敬意。"

说罢，他拿出了一对宝石镶嵌的金镯。

② 大师将一只手镯拿起，套在指上不停转动，镯子上的宝石散发着霞光万道。

读书笔记

❶抒情

诗人直抒胸臆，表达出了自己内心的愧疚感，金银珠宝并不会让人显得更高贵，只会给人增加负担。

❷动作描写

这一段动作描写非常具体，从大师"拿起"再到"套"再到"不停转动"这一连串动作，为下文的手镯滑落做了铺垫。

突然，镯子从手上滑落，顺着河堤落入水中。

“啊！”拉古纳斯发出尖叫，飞快跳入水中。

大师则注视着自己的经卷，任河水卷走并藏匿那本不属于它的东西，继续向前奔去。

白昼已逝，拉古纳斯终于回转，他已精疲力尽。

“老师，”他不停喘息道，“如若您能指点我手镯掉落的方向，我便可以将它找回。”

大师于是拿起剩下的那枚镯子，一把抛入水中道：“它就在那里。”

读书笔记

13

旅伴啊！

不断前行只为时刻都能与你相遇。

放声高歌只为迎接你的到来。

你呼吸所及之人，决不会远离堤岸的守护，任由波浪摆布。

①他扬起风帆，在大风和汹涌的波涛中航行，无所畏惧。

❶烘托

从这个细节中，“大风和汹涌的波涛”和他“扬起风帆”的描绘，凸显了他的无所畏惧的决心和勇气。

他早已对你敞开大门，一步步走向你，接受你的问候。

旅伴啊！

他不会停下来计较得到的或哀叹已然失去的，他的心中正擂起战鼓，只因这次的征途，他将与你并肩前行。

14

你曾许诺，于此世中，我将自你手里得到最美好的命运。

因此，我的泪光中总闪耀着你的光辉。

我不需要他人的引导，害怕因此而失去你，因为你正站在某个路角，等待着为我指引方向。

我走着自己的路，愚蠢又任性，直到我不智的行为将你引到我的门前。

因为你曾许诺，于此世中，我将自你手里得到最美好的命运。

15

主人啊，您说话言简意赅，可有些人说起您，他们的话语却并非如此。

我能听懂您的星星的语言，也能读懂您的树林的静谧。

我知道自己的心会犹如鲜花般绽放；也知道自己已然在一个隐秘的泉水边，让生命得到充盈。

[1]您的歌声，犹如穿越孤冷雪原的飞鸟，在我心底筑巢，期待着温暖四月的来临，而我也满足并期待着那美好季节的到来。

16

熟知道路的他们，可以寻着陋巷找到你的身影，但愚昧无知的我只能在深夜里徘徊。

你隐没在黑暗之中，但我并不惧怕，因为我没有受到足够的教育，因此我在浑浑噩噩中走到你的门前。

智者们责备我，吩咐我离开，因为我并非自陋巷

读书笔记

❶比喻
将歌声比作穿越孤冷雪原的飞鸟，形象生动地突出了歌声的穿透力。

而来。

我满怀疑虑地转身而去，却被你紧紧拉住，于是那些人的斥责声更响了。

…………

读书笔记

18

啊，你无法使花蕾绽放。

尽管你摇动它，拍打它，却无法使它开花，因为那并非你能力所及。

即使用你的手玷污了它，将它撕成碎片，零落成泥。

仍然没有绚丽的色彩，也没有馥郁的芬芳。

啊，你无法使花蕾绽放。

能让花蕾绽放的人，只需瞥它一眼，便会让生命之液流入它的血脉。

他只要吐出气息，花朵就会舒展翅膀，迎风摇曳。

[①] 绚丽的色彩犹如心底的渴望般涌现，浓郁的芬芳吐露着清甜的隐秘。

①比喻 将色彩比作心底的渴望，形象生动地突出了大自然的力量，五彩缤纷、神秘而不断涌动。

能让花蕾绽放的人，做起来轻而易举。

…………

20

蒙着纱的黑夜啊，让我为你吟诗吧。

很多人寂静无声地坐于你的阴影之中很久很久，我想吟唱出他们的心曲。

让我登上你那没有轮子的马车吧，无声地从一个世界到另一个世界，你这居于时间殿堂的王后，你有着黝黑的美丽！

无数钟爱追寻真理的人悄悄溜进你的庭园，在你漆黑的屋子内寻觅答案。

① 无数颗心被那未知的喜悦如利箭般穿透，迸发出欢快的赞歌，让黑夜震颤。

无数不眠不休的人，于漫天星光中凝望着无意中发现的瑰宝。

蒙着纱的黑夜啊，请让我成为你的诗人，吟咏你那高深莫测的寂谧吧。

21

虽然岁月的流逝总会用它们的尘埃扰乱我前进的方向，但总有那么一天，我将与我内心的生命相遇，会发现隐藏在我生命中的喜悦。

我于它依稀的闪现中发现了它，它的呼吸吹拂在我身上，让我的思绪也带上了芬芳的气息。

总有那么一天，我将与我身外的喜悦相遇，它在光明的幕后停留，而我则立于充盈的静寂之中，站在那里，世间万物便可一览无余，犹如造物主般凝视着它们。

…………

24

黑夜沉寂，你在我静谧的生命中酣睡。

醒来吧，这爱太过痛苦，因为我就站在门外，却不知道如何将它打开。

② 等待的时间，审视的星辰，安息的风，寂静沉甸

❶比喻、拟人

运用比喻和拟人的修辞手法，将喜悦比喻成利箭，使心迸发出赞歌，抽象的事物就变得具体可感，更为动人心魄。

读书笔记

❷拟人

诗人将星辰和风都给拟人化了，赋予了人的情感，生动形象地表达出诗人压抑的情感。

甸地压上我的心口。

醒来吧，我的爱！让我将空杯斟满，用歌唱般的气息吹皱夜的静寂。

25

读书笔记

清晨，鸟儿婉转鸣啼。

此时尚未破晓，夜之龙那冰冷黝黑的身躯依然缠绕着天空，鸟儿是怎样寻觅到那晨曦之歌的呢？

清晨的小鸟啊，请告诉我吧，那自东方而来的使者是如何穿透天空与绿叶遮盖下的夜幕，寻到了走入你梦境的路途？

当你呼喊着："太阳已经在路上，黑夜即将过去。"世界并不信任你。

啊，醒过来吧，沉沉睡去的人们！

露出你的额头，让清晨的第一缕光为你赐福，怀揣着喜悦与信念和鸟儿一起欢唱吧。

26

读书笔记

住在我内心的乞丐，高举枯瘦的双手，伸向漆黑的暗夜，他在暗夜的耳边高喊着饥饿的声音。

他对着失明的黑暗发出请求，而这失明的黑暗犹如堕落的神祇，跌倒在没有未来的凄凉天国。

欲望在喊叫，声音在一道道绝望的裂隙间往复回旋，犹如鸟儿绕着空荡荡的巢穴盘旋哀鸣。

可是当晨曦在东方边际坠下锚链之时，住在我内心的乞丐欢呼雀跃道：

“感谢暗夜的聋聩，没有答允我的祈求，因为它的宝箱里早已空无一物。”

他高喊着：“啊，生命！啊，光明！你们弥足珍贵！更珍贵的还有我发现这些的喜悦！”

27

恒河岸边，萨纳丹正在数着手里的念珠祈祷，①一位衣衫褴褛的婆罗门教徒走到他面前道：“请救救我吧，我的日子太苦了！”

❶外貌、语言描写

诗人从外貌和语言两个方面进行了描写，“衣衫褴褛”能够看出教徒穷困潦倒的境况，语言也非常真挚。

萨纳丹说：“可我已经没什么可以施舍了，如今唯有这只施舍碗了。”

婆罗门教徒道：“我是受了大自在神的托梦，让我前来求你。”

萨纳丹想了想，记起自己曾在河边的卵石中发现了一块无价的宝石，他想也许有人会需要它，便将它藏于沙中。

他将藏宝的地点告诉了这个婆罗门教徒，这个教徒面带惊诧地挖出了宝石。

婆罗门教徒静静坐在地上沉思，直到日光坠入树林深处，就连放牛人也驱赶着牛群返回了家园。

②他终于站了起来，慢慢走到萨纳丹面前道：“大师，我想要一种足以藐视世间所有财富的财富，请把那样的财富给予我一些吧。”

❷动作、语言描写

从动作和语言两个方面来描写教徒的人物形象，从“慢慢走到……面前”的动作再到说的这些话，能够看出他踌躇的状态。

说完，他便将手中的宝石扔到了河里。

28

我一次次来到你门前，伸出双手请求你更多的给予。

你给了一次又一次，时而缓慢又稀少，时而迅速又繁多。

我保存下一些，而另一些则任由它掉落；有些沉甸甸地被我拿在手上，有些则被我当成玩具，腻烦后便砸碎；你给的礼物太多，那些被打碎的和被保存的，多到遮住了你的身影，而我却为了无休止的期待日夜操劳。

啊，都拿走吧，拿走吧！我不断呼喊。

将这乞丐碗里的都打碎吧；熄灭守夜人那盏让人厌烦的灯吧，抓着我的手，将我从你仍在聚集的礼物中拽出来吧，指引我去到你那辽阔而裸露的无限之中吧。

读书笔记

29

你置我于失败者之中。

我明白这场比赛，我既不能离开，也不能取胜。

我要跃下深渊，尽管结局唯有沉入水底。

我要参与这场会摧毁我的比赛。

我将押上所有，孤注一掷，假如我输光了最后一分钱，那么我将押上我自己，如此这般，我便能从这场彻头彻尾的失败中赢得比赛。

30

[1] 当我的心被你套上破烂的衣衫并让她一路去乞讨的时候，天空发出欢快的笑声。

她一家家地讨要，可每当碗里即将盛满时，便经常被人洗劫一空。

一天过去，她疲惫地举着碗，可怜地走到你的宫殿

❶比喻

心被套上破烂衣衫一路乞讨，借喻抛弃物质期望追求精神世界的纯洁无瑕，诗人认为这是美好的高尚的生活方式。

前，你出来握紧她的手，引领她坐上你身旁的宝座。

31

希拉伐斯蒂城遭遇了严重的饥荒，释迦询问他的信徒们："你们有谁可以救济这些灾民呢？"

银行家拉特纳卡低垂着头道："哪怕我献出全部财产，也救不了这些灾民。"

国王的部队司令贾伊斯道："尽管我愿意为他们献出鲜血与生命，但却拿不出可以救济他们的食物。"

达马帕耳拥有广袤的良田，但他叹息着道："干旱吸干了我的田亩，我甚至无法向国王交税。"

此刻，乞丐的女儿苏普里雅却走了出来。

她谦恭地向众人弯腰行礼道："我可以救这些灾民。"

众人惊呼道："你要如何实现这个誓言呢？"

苏普里雅道："我比任何人都贫穷，这便是我的优势，而我的钱箱和仓库就在你们每个人的家里。"

32

我的国王要我向他交纳贡品，而他却并不认识我，于是我想躲起来，摆脱债务。

我开始逃跑，躲避白日的工作和夜晚的梦境。

但是躲不开，国王的要求时时刻刻都追随在我左右。

于是我大彻大悟，原来他认识我，并且这里没有属于我的地方。

如今，我情愿将我的所有献于他的脚下，只为换取可以在他的王国中拥有一席之地。

读书笔记

读书笔记

33

我想塑造一个形象，一个自我生命中幻想的，可以让世人顶礼膜拜的形象，我将我的尘土和我的欲望取出，还有我五彩绚烂的梦与幻想。

我祈求你塑造一个形象，一个用我生命塑造的，你幻想中的，可以让你爱恋的形象，于是你拿出了你的火与力量，还有真理、优雅与和平。

…………

35

号角跌落尘埃。

风已停息，光已泯灭。

啊，这噩梦般的日子！

①战士们，来啊！高举手中的旗帜；歌手们，继续高唱战歌吧！

来啊，前进中的朝圣者们，快快奔向你的旅途！

号角正在尘埃中等待着我们。

我一步步走向庙宇，为它奉上晚祷的献礼，在劳累了一天之后，我满身尘土，只想寻个可以栖息的地方：期望这里能治愈我的伤，能洗清袍子上的污渍，这时我看到了跌落尘埃的号角。

此时，正该由我燃起我的夜灯了吧？

暗夜不是已然为群星吟唱了催眠曲吗？

啊，你这如血般殷红的玫瑰花，而我梦中的花却早已失去色彩，黯然凋零！

读书笔记

①排比 诗人通过排比句，昂扬蓬勃地表达了自己的志向，鼓舞“战士”们和“歌手”们继续战斗和歌颂。

我相信那些随波逐流的日子已经过去，我已偿清了所有债务，就在我看到你的号角跌落尘埃的时候。

请你吟唱青春的咒语，唤醒我那颗昏睡不醒的心吧！

让我重燃对生命的欢喜，重新如烈火般燃烧。

就让觉醒的箭镞扎透暗夜之心，让无能和昏庸都在恐惧的震颤中跌落吧。

我已然到来，并从尘埃中拾起了你的号角。

[①] 我已不再沉睡，我将在雨点般的利箭下前行。

会有人离开他们的家，跟随在我的身边，也会有人默默哭泣。

会有人在睡梦中辗转难眠，在梦魇中无望呻吟。

因为就在今夜，你的号角即将吹响。

我曾经对你祈求和平，但只得到了羞愧。

如今我就立于你面前，请你为我穿上盔甲！

就让那苦难和忧患的打击，让那熊熊燃烧的烈火融入我的生命吧。

就让我的心于困苦中跳动，化为隆隆鼓声，为你的胜利而歌。

我一无所有，两手空空，只为了拾起你跌落尘埃的号角。

读书笔记

❶比喻

诗人将利箭比作雨点，而利箭又是觉醒的象征，突出了觉醒的急促，也表明了诗人心里砥砺前行的决心和意志。

读书笔记

36

啊，美丽的神祇，当人们在欣喜若狂中扬起尘埃，玷污您袍服的时候，我的心痛不欲生。

我向您高声喊道：“请举起您的权杖，去处罚和审判他们吧。”

晨光依稀，照射着他们因彻夜狂欢而红肿的眼眸，我在纯洁的百合花绽放的地方，嗅到了他们污秽的味道，星辰穿过深沉的夜幕默默看着他们的狂欢，凝视着那些飞扬的尘埃玷污了您的长袍，啊，美丽的神祇！

读书笔记

您将审判的座席设在美丽的花园里，设在春季鸟儿们欢快的鸣啼里，设在葱葱绿荫的河畔边，那里的树木正与潺潺的流水窃窃私语。

啊，我爱的人，在他们的激情里没有一丝怜悯。

他们穿行在黑暗之中，企图夺走你的珍宝，满足自己的私欲。

当他们伤害你，让你难过之时，我也一样痛不欲生，我向您高声喊道：“啊，我的爱人，请举起您手中的剑，给予他们审判吧！”

啊，原来您的正义已然警觉。

①一位满含热泪的母亲，将滚烫的泪滴洒落在他们的倨傲无礼上；一位爱人用他不息的信念，掩藏起背叛的利矛。

❶排比 诗人用了两个排比句，使整个诗歌的对仗更加工整，也形象地说明了正义已经来到的情景。

您的审判就隐藏在那夜不能寐的爱的缄默的苦难里，在那纯洁的羞涩里，在那凄惶的暗夜落下的泪水里，在那宽恕的苍白晨曦里。

啊，使人生畏的神祇，就在他们沉醉在这毫无顾忌的贪婪之中时，他们已经连夜翻越了你的家门，从你的宝库中偷走了你的东西。

但他们偷走的东西太多了，难以带走也不好搬动。

于是我向您高喊道："啊，尊敬的神祇，请宽恕他们吧！"

您的宽恕化作狂风暴雨，将他们打落尘埃，让盗取的赃物滚落泥土。

您的宽恕融入那滚落的雷石里，融入那雨点般洒落的血液里，融入那残阳愤怒的光辉里。

读书笔记

37

乌帕古普塔是释迦的门徒，他正在马图腊城墙边的地上沉睡。

各家各户都熄灭了灯，关上了门，八月暗沉的夜空遮挡了闪烁的群星。

读书笔记

脚镯的叮当声响起，是谁的脚，突然碰上了他的胸膛？

他猛然惊醒，那是一个女人，她手中拿着灯盏，光芒点亮了他宽和的眼眸。

那是一位跳舞的女郎，她头戴宝石，身披一件浅蓝色的斗篷，浑身洋溢着美酒般醉人的青春。

她举灯凑近那张年轻的脸，他的脸庞严肃又俊美。

女郎说："抱歉，年轻的苦行者，请到寒舍来吧，这里满是尘埃，并不适合做你的床。"

苦行者答道："离开吧，女郎，等到适当的时机，我自会来到你身边。"

①突然，闪电划破夜空，漆黑的夜露出獠牙。

❶拟人 将漆黑的夜拟人化，通过写"露出獠牙"突出了闪电的可怕。

暴风雨骤然而至，女郎惊恐万状。

路边的树木因为盛开的花朵而感到疼痛。

和煦的春风里飘荡着欢快的长笛声。

人们来到树林里，庆祝百花节。

明月悬于中天，垂眸凝望着这座鸦雀无声的城市的阴影。

年轻英俊的苦行者行走在空旷的街道上，愁情百转的杜鹃正在他头顶的杧果树上倾诉无眠的哀叹。

乌帕古普塔走过一道道城门，最后来到护城堤下。

那个躺在他脚边的女人是谁？她倒在城墙的阴影里，因为患上了黑死病而浑身遍布斑痕，就这样被赶出了城。

① 苦行者坐在她身旁，将她的头抬起，然后放到自己膝上，用水滋润她的双唇，为她涂抹香膏。

女人疑惑道：“好心人，你是谁？”

年轻英俊的苦行者道：“再次与你相见的日子到来了，所以我来见你。”

读书笔记

❶动作描写

通过动作描写，“坐”再到“抬”“放”“滋润”“涂抹”这一连串的动作表现了苦行者对舞女的细心照顾。

38

我的爱人啊，你我之间不仅仅是爱情的嬉闹。

暴风雨在夜晚呼啸而至，一次次扑灭我的灯，于是无法言说的疑虑如乌云般笼罩而来，抹去了我天空中所有的星。

河堤一次次被冲垮，任凭洪水抢走我辛苦获得的果实。绝望与哀鸣撕碎了我的天空。

现在的我已然觉悟：你的爱中有沉痛的打击，却没有冷若冰霜的死亡。

39

大墙终于倒塌，光明带着圣洁的笑冲了进来。

光明啊，胜利了！

你已经刺穿了黑夜的心！

如今就用你那寒光闪耀的利剑将纷乱不堪的疑惑和懦弱的欲望统统劈碎吧。

胜利啊！

快点来吧，这是无法调和的！

来吧，你纯洁无垢又庄严不可侵犯。

光明啊，你在火中行进，鼓声隆隆，通红的火炬被高高举起；当光芒照射而来，死亡则消失无踪！

40

火啊，我亲爱的兄弟，我要用歌声为你庆祝胜利。

你是那让人敬畏的自由与鲜红。

① 你向天空舞动双臂，你用手指极速划过琴弦，你弹奏的舞曲优美动听。

当我的生命走到尽头，大门已然敞开之时，你便将困住我手脚的束缚和羁绊全都焚化成灰。

我的身躯将与你合二为一，我的心灵将卷入你狂猛的旋涡之中，而我炙热的生命，也将在瞬间绽放光华，与你的烈焰融为一体。

41

船夫驾驶着船只出海夜航，横渡那浪涛湍急的大海。

读书笔记

❶拟人

将火拟人化，赋予了人的动作和情感，使得火更加形象。

狂风灌满了帆，让船桅感到疼痛。

①暗夜伸出獠牙，咬伤了天空，坠落在被恐怖支配的大海上。

海浪翻涌，波涛扑击着黑暗，船夫驾船行驶在海上，他要横渡这浪涛湍急的大海。

船夫已然出海，也许是要去奔赴某个约会，他的白帆骤然出现在海面，惊醒了暗夜。

我不知道他会在哪里登岸，又会走向哪座亮起灯火的庭院，找到那个苦苦等候的她。

他只有一条小船，无论雨狂风骤，也无论天昏地暗，他究竟在找寻什么？

②小船上装满了珠宝玉石吗？

啊，不，他并无珠宝，他的手中只拿着一朵白色的玫瑰花，嘴里哼唱着歌。

这些都是要献给那在暗夜中苦苦等候的她的。

她就居住在路边的那座茅屋里。

她披散的长发随风飞扬，遮住了双眼。

暴风雨穿过她那残破的大门呼号着闯入，陶灯中的火光被风吹得摇摆不定，在墙面上落下斑驳的黑影。

她自呼号的风声里听见了他的呼唤，他在叫着她那鲜为人知的名字。

船夫已经驾船出海很久了。

黎明尚未到来，他敲门的时辰还早。

没有人敲响鼓声，更没有人会知道。

但是晨曦必会照亮这茅屋，尘土也会得到祝福，心

❶**拟人**

将暗夜拟人化，通过“伸出獠牙”和“咬伤了天空”这两个动作形象生动地写出了黑夜来临时的恐怖的氛围。

❷**设问**

诗人通过一问一答形式，用设问句引发问题，能够引起读者的思考，同时给出解答，意想不到的答案能更好地传达出作者的思想。

儿也将得到欢喜。

当船夫驾船来到岸边时，所有的顾虑都将在静寂中消失无踪。

42

①人世犹如狭小的溪流，我于此处紧紧护卫着我的躯体，我的生命之舟。直到我顺利抵达彼岸，才会弃之而去。

这之后还要如何呢?

彼岸会不会也有光明，还是也有黑暗，我不知道。

未知者便是永远的自由：

他的爱没有感情。

他击碎贝壳只为得到珍珠，珍珠在漆黑的监牢中默默无语。

你沉思与痛哭，只为那已经逝去的岁月，啊，可怜的心!

为那马上就要到来的日子喜悦吧!

②钟声已然响起，啊，前来朝拜的人!

如今就是你做出决定的时刻!

他的面孔将再次出现，定会与你相遇。

…………

44

那在我们之间的日子，向你我鞠躬做最终的诀别。

暗夜在她面上覆了轻纱，也遮住了那盏燃在我卧室的烛火。

❶比喻

将人世比喻成狭小的溪流，生动形象地写出了人世间的曲折跌宕。

❷抒情

钟声响起代表着决定命运的时刻来临，作者带着强烈的情绪呼唤人们作出选择：击碎黑暗的束缚，拥抱未来的光明和自由。

你那安静的仆人默不作声地走来，将新娘的红毯盖在你身上，如此你就可以在无声的寂静中，与我一起守候，直至暗夜离去。

45

读书笔记

我的黑夜死在哀伤的床上，我的眼眸疲惫困倦。我那颗沉重无比的心却依然不想去迎接那满含欢喜的黎明。

谁来给这裸露的灯光披上薄纱吧，将那夺目的光芒与生命之舞从我身边带走。

你能否将我盖在你那温柔的黑暗斗篷的皱褶中，暂时掩去我的苦痛，不要让它负担这世界的压力。

…………

47

我在她的匣子里发现了几封自己曾经送给她的信，像小小的玩具一样被她的记忆不时品味。

①她怀着羞怯的心，试图从时间的洪流中悄悄藏下这些不值一提的小玩意儿，说："这是只属于我自己的东西！"

❶心理、语言描写 通过"羞怯"和"悄悄藏下"的心理描写以及语言写出她小心翼翼，也表现出了她很珍惜这个小玩意儿。

啊，现在没人想要这些信了，谁愿意付出爱与关照来照顾它们？所以它们依旧留在这里。

是的，爱确实存在于这世间，使她不致失去所有，好似她的爱，如此倾心地使这些信件留存下来一般。

48

让我孤独的生活充满美和秩序吧，女人，就如你在世时曾将这些带入我的家门。

扫干净被时间封印的瓦砾，将瓶罐都盛满，修整好所有被忽略的物品。

而后，敲开深邃的神殿的大门，燃起烛火，我们俩就可以在神的面前安静地相遇。

49

主人啊，每当琴弦调好之时，痛苦是何等巨大！

① 请奏响您的乐章吧，让我远离苦痛，让我沉浸在这优美动人的乐曲中，领会你在无情岁月里感受到的一切。

夜即将消逝，却依然流连在我的门边不肯走，就让歌声为她送别吧。

主人啊，请将你的心融入你那自星辰中流泻而下的乐曲，一起浇灌在我生命的琴弦上吧。

50

电光乍现，就在那一瞬间，我看到了你留在我生命中无穷无尽的创造，那是经过无数次死亡的生生世世的创造。

当我的生命被那些毫无意义的时刻操纵时，我因自己的卑微而痛哭流涕，但当我的生命被你操控时，我明白了生命的宝贵，我的生命不应空置在无声无息之中。

51

我知道那一天会到来，太阳会在沉沉暮色中向我道别。

② 榕树林下，牧羊人吹奏着笛子。河边的山坡上，

❶抒情

从诗人这一段的请求中，可以看出诗人此时此刻非常想远离痛苦，而最直接的呼喊也更便于诗人抒发自己的情感。

❷对比

“牧羊人吹奏着笛子”和“羊群在欢快地吃草”的场景和后面的“我的生命啊，它即将被黑暗吞噬”形成鲜明的反差，更加突出了诗人内心的愁苦。

羊群在欢快地吃草。而我的生命啊，它即将被黑暗吞噬。

我祈求在我离去前知道答案，为何大地要将我召唤到她的怀抱之中。

[1] 为何她那沉静的暗夜会为我讲述星辰，而她的白昼又会亲吻我的思绪，让它们化作花朵。

❶拟人

将暗夜和白昼拟人化，“讲述”和“亲吻”两个动作，突出了诗人此刻浓厚的情感。

我即将离开，但愿我还能在自己最终的副歌上回绕流连，直至曲终声断。希望这盏灯可以点燃，让我能够看到你的面庞和那只已经编好并戴在你头上的花环。

52

这乐声是什么，它竟用节拍撼动了世界？

当它落于生命之巅时，我们放声大笑，当它沉寂到黑暗中时，我们惊恐畏惧。

但这乐声始终未变，跟随着无休无止的音乐节拍，时而激荡，时而沉寂。

读书笔记

你将自己最宝贵的东西藏于掌中，于是我们哭着说被人抢了。

但无论你将手掌打开或握住，获得与失去都是一样多。

在你自己与自己的游戏中，你是失败者，也是获胜者。

53

我曾用双眼与四肢亲吻这世界，也曾将之严严实实地裹进我心里；我用思想吞没了它的日日夜夜，直至我的生命与这世界合而为一，于是我珍爱生命，因为我热爱这与我融合在一起的光明。

假如从这个世界离开与对这个世界的爱同样真实，那么生命的离开与遇见中必蕴含着更深的含义。

假如这样的爱会受到死亡的欺骗，那么欺骗的虫蚁将啃噬万物，哪怕是星辰也会陨落，变成漆黑的一片。

读书笔记

54

飘浮的云朵对我说："我即将消散。"

暗夜对我说："我将融入火红的朝霞。"

痛苦对我说："我要如他的足迹般保持沉默。"

生命对我说："我将于充实中故去。"

[1] 大地对我说："我将用每一刻的光芒亲吻你的思想。"

爱情对我说："时光流逝，但我愿意等你。"

死亡则对我说："我会将你的生命之舟划过大海。"

❶拟人

将大地拟人化，通过语言描写更能直接表达出大地母亲的慈爱和伟大的胸怀。

55

恒河边，在众人焚烧死者的荒地上，诗人杜锡达斯正在踱步深思。

他看到一个坐在亡夫尸身脚边的女人，她穿着艳丽的服饰，好似将要举行一场婚礼。

当女人看到诗人时，她起身向他躬身施礼道："请您开恩吧，大师，请允许我追随丈夫一起到天国去吧。"

"我的孩子，为何要如此急切？"杜锡达斯问道，"虽说是神创造了天国，可这世间也同样是他创造的啊！"

女人道："不，我并不向往天国，我只是想追随我

读书笔记

读书笔记

的丈夫。”

杜锡达斯微笑道：“我的孩子，回到家中去吧，就在这个月之内，你便会找到自己的丈夫。”

女人心怀期盼地离开了。杜锡达斯每日都会去探望她，教导她高尚的思想，指导她学会思考，直到神圣的爱充满她的内心。

不到一个月，女人的邻居们去探望她时问道：“你有没有找到丈夫啊？”

女人含笑说道：“我已经找到了。”

人们急切地追问道：“真的吗，他在哪里？”

“在我的心里，他已经与我融为一体了。”女人说。

…………

57

那常驻我心的女人是谁，那永远孤独的女人？

我曾对她表达爱意，但却没能赢得她。

我曾为她佩戴花环，吟诵诗歌赞美她。

她的面庞上闪过一丝微笑，而后消失无踪。

读书笔记

“你无法让我得到快乐。”她大声叫着，真是个哀伤的女人。

我为她购买镶嵌着珍宝的脚镯，用缀满珠玉的扇子为她扇风，还用黄金为她搭设床架。

她的眼眸中露出一抹愉悦的光，而后消失无踪。

“我讨厌这些。”她高喊着，真是个哀伤的女人。

我让她坐在凯旋的战车里走遍天南海北。

她的脚下匍匐着那些被征服的心，雀跃的欢呼声震耳欲聋。

① 她的双眼迸射着自豪的光，而后便在泪光中黯然了。

❶表情描写

从这个细节描写中可以看到女人的眼里，先是自豪的光芒，之后再慢慢暗淡，表达了她的内心情感的变化。

“征服无法让我获得快乐。”她高喊着，真是个哀伤的女人。

“能否告诉我，你到底在寻找谁？”我问道。

她说：“我不知道他的名字。”

日子就这样一日日过去，她高喊道：“我那陌生的爱人啊，你到底何时才会到来，并与我永远熟识呢？”

58

你是暗夜的光，是自争斗的破碎之心中诞生的善。

你是敞开怀抱面向世界的家，是呼唤众人远赴征程的爱。

当世间万物都失去时，你则是那唯一留下的礼物，是从死地奔涌而出的生命。

你是坠落于尘世的泥土中的天国，你不止为我而设，也是为所有人而设。

59

当我厌倦了遥远的路途，当灼热夏日让我干渴难耐，当我的生命被黄昏的阴影幽灵般笼罩的时候，我亲爱的朋友啊，我多么渴望在此时听到你的声音，感受到你的抚摸啊。

重重负累让我的心感到疼痛，因为它并未将财富完全赠与你。

请自暗夜中伸出手吧，让我紧紧握着它，拥有它，充实它，让我哪怕身处无休无止的寂寞时，也能感受到它的爱抚。

60

[①] 花蕾中的芬芳在不停叫喊："啊，快乐的春天过去了，而我却像个囚徒般被关在花瓣里！"

胆怯的小家伙，不要灰心丧气！

困住你的镣铐终会崩裂，花苞也自会绽放，即使当你的生命因圆满而凋零之时，春色也会永恒存在。

花蕾中的芬芳又跳又叫，道："啊，时间匆匆而过，但我还没找到要去的地方，也不知道自己在追寻什么！"

胆怯的小家伙，不要灰心丧气！

春风已然听到了你的祈盼，在你的愿望实现之前，这一切不会结束。

她的未来唯有黑暗，因此花蕾中的芬芳忍不住悲痛地哭喊："啊，这到底是谁的错，为何我的生命要如此没有意义？"

"谁来告诉我，为何要如此对我？"

胆怯的小家伙，不要灰心丧气！

当你将自己与整个生命合而为一，且最终发现自己生命的意义之时，美好的晨曦就在眼前。

61

主人啊，她只是一个孩子。

❶拟人
用拟人的修辞让花蕾中的芬芳说话，"不停叫喊"表明了"花朵"迫不及待要绽放。

读书笔记

她在你的殿堂里四处嬉戏游玩，并且也想要将你变作她的玩具。

她完全不在乎自己散乱的头发，也不在乎拖拽在泥土中的长袍。

你想跟她谈话，可她却睡着了，不会答复你的话，你清晨送她的花朵，也自她手中滑落，跌入尘埃。

暴风雨即将到来，天空变得阴暗，她感到忐忑不安，就连玩具也被丢弃不要，她恐惧地贴在你身边。

她担心自己也许无法为你效力。

可你微笑着看她嬉闹。

你微笑着看她嬉闹。

因为你知道，

这个坐在尘埃中的女孩，将是你命中注定的新娘，她的嬉闹总会停止，并化为深深的爱。

读书笔记

62

“太阳啊，除了辽阔的天空还有哪里能够包容你呢？”

“我梦到过你，但却不会期待为你效力，”露珠哭着道，“我实在太过渺小，承载不了你，崇高的主人啊，我的生命中充满了泪珠。”

“我既能将天空照亮，也可以对一滴露珠倾心相待。”太阳说道，“我愿化作星辰的火焰充实你，如此一来你那微小的生命就会变作欢乐的光球。”

63

① 我不渴望那肆无忌惮的爱，它就犹如酒中的泡沫，

❶比喻

将肆无忌惮的爱比喻成酒中的泡沫，生动形象地写出这种爱的短暂和容易消失的特点。

转瞬间就会从酒盏中溢出而消逝无踪。

请给予我另一种爱，它干净清爽犹如你的雨，可以祝福干涸的土地，装满百姓们的水罐。

请给予我另一种爱，它可以融入生命的中心，犹如隐形的树液，灌溉生命之树，让它开出花朵，结出果实。

读书笔记

请把这样的爱给予我吧，它可以让我的心中充盈平和与清净。

…………

65

在这座城市中或许有一所房屋，今晨在晨曦的爱抚下，它永远打开了大门，就在那里，完成了光明的使命。

在栅栏边，在花园里，花朵已然盛放，或许有那么一颗心，已经在这盛开的鲜花中，找到了那自无尽时间之河中送来的礼物。

66

听到了吗，我的心？①他的笛声中蕴含着花朵的芬芳，蕴含着绿叶的闪耀和那波光粼粼的溪水，还有犹如蜜蜂振翅般的厚重浓荫。

①通感　从笛声中闻到花香，看到绿叶的光等，让笛声传达的情感有了具象的画面，优美动人。

这笛声偷偷采撷了我朋友唇边的微笑，并将它播撒在我的生命之中。

…………

69

你躲藏在我的心中，因此每当我的心惊慌失措时，就寻不到你的踪影，最后你躲过了我的爱与希望，因为你一直就在它们之间。

你是我年少游乐时深藏于心底的喜悦，当时我却只顾游戏而忽视了你的存在，于是你便悄然离去了。

你在我的生命因喜悦而迷醉时对我歌唱，而我却忘了回赠你歌唱。

读书笔记

70

你将灯盏高高举起，于是光照上我的脸庞，而影则覆在你身上。

当我将爱之灯悬于心底，那光亮映照在你身上，而我却立于阴影之中。

…………

72

来自四面八方的喜悦塑造了我的身体。

①光芒自天空而来，不断地亲吻她，直到将她唤醒。

夏花岁岁枯荣，一年又一年，自她的吐息中发出叹息，风声与水声在她的一举一动中欢唱。

变换的云霞与丛林斑驳的色彩似波涛般汇入她的生命。宇宙万物化作乐曲抚摸她的身体，让她风姿绰约。

她已然在我的屋内亮起了她的灯，她就是我的新娘。

73

春天已然融入我的身体，带着绿叶与繁花。

②清晨，蜜蜂一直在嗡嗡吟唱，清风则慵懒地与绿荫玩闹。

❶拟人

将光芒拟人化，赋予了人的情感和动作。

❷拟人

将蜜蜂、清风和树荫拟人化，“蜜蜂嗡嗡吟唱”和“清风和树荫玩闹”都反映出了此时诗人心里轻松愉悦的情感。

一股甜美的泉水自我心底流淌而出。

我的双眸在喜悦中湿润，好似被晨露沾湿的晨曦，生命激荡使我全身颤动，犹如拨动琵琶的琴弦。

你是否正在我奔涌的生命之河边独自徘徊，啊，我那永生永世的爱人？

我的梦是否犹如舞动着艳丽翅膀的蝴蝶正围绕着你？

那不停在我生命的黑洞中响起的声音，是不是你在吟唱？

现在我能听到血管中响起的忙碌时的嗡鸣声，能听到心底正在跳舞的快乐的脚步声，还有那永不停歇的生命激荡振翅的喧嚣声。啊，不是你还能是谁？

74

束缚已被我去除，债务已被我还清，我打开了大门肆意而行，自由往来。

他们在角落中蜷缩着，编织着那张褪色的时间之网，他们蹲坐于尘埃中数钱，召唤我跟他们回去。

[①] 但是我已铸好了利剑，披上了盔甲，我的战马也扬起了前蹄，急不可待地想要驰骋。

我会赢得属于自己的王国。

75

我没有姓名了无牵挂，带着一声悲鸣来到你的世界，不过才几天而已。

今日我放声高歌，而你，我的主人，请从我身边走

读书笔记

①动作描写

诗人非常擅长描写细节，从“铸好了利剑”以及“披上了盔甲”和“战马也扬起了前蹄”这些细节中，反映出了诗人想要去驰骋战场，迫不及待。

开，我要充实自己的生命。

当我为你献上自己的歌声时，我也偷偷期盼人们的到来，渴望他们会因此而爱我。

你也满怀欣喜吧？因为我喜爱这个你把我带来的世界。

读书笔记

76

我曾在安全的保护下小心翼翼地匍匐着，但现在，当欢喜的浪涛将我的心高高抛起，攀上浪峰时，我的心却紧紧依附着那痛苦的礁石。

我曾在小屋的角落中孤身独坐，忧心屋子狭窄无法款待宾客，但现在，屋子的门扉已然被突如其来的喜悦打开，我这才发现，它不仅可以容纳你，还能容纳整个世界。

① 我曾在走路时踮起脚尖，只为让步伐更加轻盈，也暗自注意容貌仪态，甚至熏香抹粉，佩戴珠玉，但现在，当那阵欢快的旋风将我吹入尘埃时，我却在你脚边玩闹嬉戏，好似一个孩子。

❶对比

“我”曾经想尽办法让自己的脚步更加轻盈，与“那阵欢快的旋风”，形成对比，是“胆怯”与“欢喜”的对比。

77

这世界曾经属于你，也会永远属于你。

我的王，因为你一无所求，你的财富无法使你获得欢乐。

你将之视为草芥。

因此在无尽的岁月里，你将自己的一切都赋予了我，而你却不断在我内心赢得你的王国。

日复一日，你自我心头买得晨曦，而你的爱则早已篆刻成我生命的样子。

78

你将歌曲赐予飞鸟，鸟儿们也回报你乐曲。

你只赐予我声音，却要求我不止发出声音，所以我要歌唱。

读书笔记

你让风轻盈地飞舞，因此风就极速地为你奔忙。你将可以由我自己抛弃的重负放于我的掌心，于是，我最终得到了可以了无牵挂地为你服务的自由。

你开辟了自己的大地，让大地充盈着点点光影。

至此，你停下动作，却将我撇落尘土中，两手空空地为你创造天国。

你对世间万物都是给予，唯独对我只有索取。

啊，金色谷仓的主人，当我的生命之果被浇灌成熟，当我的收获突破了你的预期，你便欣喜若狂！

79

不要让我期盼自己能免于危险，而应祈求在遇到危险时可以勇敢无畏。

读书笔记

不要让我期盼痛苦可以停止，而应祈求一颗可以与痛苦战斗的心。

不要让我期盼能在人生的赛场上找到盟友，而应让我追寻自己的力量。

不要让我期盼能够在恐惧中获救，而应祈求可以赢得自由的坚韧。

也许，我不算一个懦夫，当我喜悦于自己获得的成就时，请让我独自感受你的宽仁，假如我惨遭失败，也请握紧我的手。

读书笔记

80

当你独自一人时，你无法了解自己，而当飓风自此掠向远方的海岸时，也听不到一声急切的呼唤。

我出现了，你就醒来了，就连天空也绽放出道道光芒。

你将我当作繁花，于是百花绽放，在不同形态的摇篮中将我摇荡；你把我藏匿在死亡里，却于生命之中寻到我的踪迹。

读书笔记

我出现了，你心潮激荡，百感交集。

你感动了我，让我爱上了你。

但我的眼中还有一抹淡淡的羞涩，我的心口还有一缕畏惧，我的脸上覆盖着面纱，当你从我眼前消失不见时，我控制不住小声哭泣。

但我明白，你内心是希望看到我的，每当晨曦一次次敲响我的门，这无止无休的渴盼就在我的门前呼唤。

…………

82

读书笔记

我孤独一人坐在阴影里安静思考，我决定呼唤你的名字。

我一定要呼唤你，不要任何言语，也没有什么目的。

这便犹如一个孩童呼唤自己的母亲，只为能说出“母亲”这个词而不胜欣喜。

83

Ⅰ

我能感受到，无数星辰在我内心闪耀。

世界犹如奔涌的洪流般融入我的生命。

鲜花在我体内绽放。

①大地、湖海的生命力犹如一缕青烟萦绕在我心田，万事万物的气息好似在吹奏着长笛，激荡起我的阵阵思绪。

❶比喻

在诗人看来，大地万物与“我”交融一体，俱有生命，互相成就。

Ⅱ

我在世界沉睡之时，走到你门前。

群星安静无声，我也不敢高声吟唱。

我等候着，盼望着，直到午夜时你的身影掠过阳台，这才满心欢喜地回家。

清晨，我在道路边欢唱。

②篱笆上绽放的花朵应和着我的歌声，清晨的风也在安静地聆听。

❷拟人

诗人将花朵和清风拟人化，赋予了人的情感，能够反映出诗人内心的喜悦之情。

旅人们停住脚步，注视着我的面容，以为我是在呼喊他们的名字。

Ⅲ

留下我吧，就安排在你的门边，让我可以永远为你效命，并让我可以游走在你的国度，静候你的召唤。

不要让我沉寂并消亡在那沉闷的深渊。

不要让我的生命在毫无收获的虚掷中化为碎片。

不要让我因那使人心烦意乱的尘埃而被重重困住。

不要让我费尽心机地追求太多的东西。

不要让我因为压力而向多数人屈服。

请允许我高昂着头,以能成为您的仆人而感到自豪。

84

划手们

①你们是否已经听到那来自远方的死亡的叫嚣,那自毒云与火海之中传来的呼唤?

——是船长呼和着舵手将船转向一个未知的海滩,因为时间已过,港口再无法停泊。

港口的人们将同一件陈旧的物品一次次买进卖出。

那件早已没有了生命的物品在空乏和衰竭的真理中飘荡。

他们猛然间惊醒过来,问道:

“朋友们,几点了?

天何时才会亮?”

乌云翻涌遮蔽了星辰——

那么还有谁能看到白天在伸手召唤?

②他们握住船桨飞奔出屋,床上空空如也,母亲在祷告,妻子则守候在门边。

离别的悲鸣升上天空。

船长的声音自黑暗中传来:

“水手们,快来吧,停泊在港湾的时间已经没有了!”

尽管它们的岸堤已被世间的罪恶冲垮。

❶疑问

这两个疑问句,能够抒发出诗人内心的困惑,也通过问句的形式来引出下文。

❷场景描写

这两处的细节描写——“母亲在祷告”和“妻子则守候在门边”表达了母亲和妻子担忧、关心的情感。

水手们，带着你们心灵深处悲哀的祝愿，回到自己的岗位吧！

弟兄们，你们能怪谁呢？还是把头低下来吧！

这罪过是属于你们的，也是属于我们的。

一代又一代在神内心蓄积的热——

①懦弱者的胆怯，强横者的跋扈，富有者的贪念，受冤者的仇恨，种族的骄傲，对人的羞辱——

它们打破了神的平静，将之化为暴风骤雨。

那暴风雨就如豆荚成熟时的爆发，将内心撕裂，化作滚滚雷霆，袭向四面八方。

停止吧，不要再诋毁他人宣扬自己了。

你们低声祷告，冷静地将船驶向那未知的海滩吧。

我们一天又一天地经历着罪与恶,我们也曾遇见死亡。

它们犹如不定的浮云从我们的世界掠过，以那些一闪即逝的雷电大声嘲笑我们。

忽然之间它们停止了举动，变为怪物，而人们则要站在它们面前说：

“啊，鬼怪，我们不害怕你！因为以往的每一天，我们都是靠着征服你们才得以存活。”

“我们与信仰共生：相信和平与善良都是真实存在的，而那些是永不磨灭的神！”

②倘若死亡的中心便是永生，

倘若智慧之花开放而不会挤破悲伤的甲壳，

倘若罪恶没有亡于自我暴露，

倘若骄傲没有压倒在虚荣的重负之下，

❶排比

用简洁的短语将人世间不同的人的心态都融入在了一个句子中。一句话反映人生百态，值得深思。

❷排比

这四个句子对仗比较工整，句式也很整齐，都用“倘若”来开头，不仅增强了诗歌的气势，而且反映出了诗人内心激昂的情感。

那么如何命令这些人如星辰冲向死亡般，离开家园寻找希望呢？

难道罹难者的热血与妈妈的泪水，只能无谓地消散在尘埃之中，而他们的付出却换不来天国？

而当人们击碎了尘世的底线，不就到了无尽显现之时？

读书笔记

85

失败者之歌

我的主人让我站在路边唱失败之歌，因为那是他在秘密追求的新娘。

她蒙着深沉的面纱，不想让人们看到她的面容，但她胸前佩戴的珠宝却在黑暗中发出光芒。

白昼将她遗弃，但上帝的夜却为她燃起了灯并献上露湿的花，期待她的到来。

她无言垂眸，她已抛弃了自己的家，从她的家中随风传出阵阵悲号。

但星辰却对那张历经苦痛而楚楚动人的脸庞，吟唱着永恒不变的恋曲。

读书笔记

那间寂寥的卧室已然将房门开启，从中传出呼唤的声音，陷入黑暗的心却因那将要到来的约会而怦然跃动。

86

感　恩

那些行走在傲慢之路上的人，脚下踩着低贱者的生命，绿色的大地上布满了他们沾着鲜血的脚印。

就让他们欢欣鼓舞吧，感谢神，因为这一天是属于他们的。

我心怀感激，因为我的命运与低贱者相同，他们强忍困苦，抵御霸权的压迫，在阴暗处掩面哭泣，不敢发声。

他们的困苦和一次次的抽搐，都跳动在你暗夜的隐秘处，他们受到的每一次羞辱都汇聚成了你巨大的沉默。

但他们拥有未来。

太阳啊，照射在那流淌着鲜红血液的心上，绽放出一朵又一朵晨曦之花，让傲慢狂欢的火炬，化成灰烬。

精华赏析

《采果集》是印度诗人泰戈尔创作的诗集，首次出版于1916年。该诗集用充满热情的语言歌颂生命，探究生命的本质，融入了诗人的思考，阅读之时能够感受到诗歌中的语言充满了乐观的情绪和生机盎然的气息，表达了作者在追求理想时是乐观的，并且信心坚定。

延伸思考

1. 诗人在诗歌里面有些时候并没有直接表达情感，而是借用事物来写的，这种写法有什么好处？

2. 从诗歌中找出一句你最有感悟的句子，并针对句子谈谈你的看法。

情人的礼物

名师导读

《情人的礼物》中的作品主要是爱情诗，它取材于莫卧儿帝国泰姬陵的故事，故事中的国王晚年被儿子囚禁，只有通过凝望水晶来纪念亡妻。整部作品抒情氛围浓厚，寄托了作者对爱情的歌颂。下面我们就跟随作者一起品味这个凄美的爱情故事吧。

1

沙札汗啊，你许诺将君权化为乌有，可原本你的期盼只是要让那颗爱情的珠泪永恒存在。

① 时光从不怜悯人心，他嗤笑人心追思回忆的哀伤与挣扎。

❶拟人 将时光拟人化，通过时光嗤笑人们追思回忆来反衬思念者的孤寂与凄凉。

注释

沙札汗：莫卧儿皇帝。沙札汗的皇后莫姆泰姬在生育时不幸离世，沙札汗十分悲痛，于是下令用白色的大理石建造一座泰姬陵来纪念亡妻。“情人的礼物”大约指的就是泰姬陵。沙札汗晚年时被儿子囚禁在红堡内，他每天都坐在走廊上看着一块镶嵌在柱子上的水晶，因为水晶内反映出了用白色大理石建造的泰姬陵。沙札汗就这样度过了余生。泰戈尔曾经为此写过好几首诗，这是其中最短的一首。

你用美来吸引时光，俘获它，将永世不朽的花冠戴在尚未成形的死亡头顶。

更深夜静时在你所爱之人耳边小声诉说的秘密，都悉心安放在石块那永恒的缄默中了。

尽管帝国崩塌，尽管世纪泯灭于黑暗，大理石却仍可对星辰感叹：“还有我记得。”

“还有我记得。”——可是生命却将之遗忘了，因为生命要担负起无穷的责任，她将自己的回忆都赋予那孤寂的形体，自己就可以轻装前行了。

2

我的情人啊，踏上我花园的小径吧。路过那在你眼前炫耀的、热情四射的鲜花。路过鲜花，为邂逅的欢乐而停下脚步吧，①这样的欢乐犹如不期而遇的霞光异彩，熠熠生辉而又悄然遁形。

因为爱赠与的礼物总是羞涩的，它从不告知姓名，它飞掠过暗影，沿着四散的尘埃散布一阵愉悦的战栗。快点追上它，否则就将永远失去它。然而，能被捉住的礼物，也只是一朵娇弱的花，或是一盏明灭不定的灯。

3

②果实们你推我搡，三五成群地来到我的果园。它们因丰满而感到痛楚，在阳光下犹如波涛起伏。

我高傲的皇后啊，请跨进我的果园吧，就坐于那绿荫之下，摘下树上早已成熟的果实，用你的嘴唇尽情地

读书笔记

❶比喻

诗人将欢乐比喻成不期而遇的霞光，这个比喻生动贴切地写出了欢乐的短暂。

❷拟人

将果实们拟人化，赋予人的动作，通过“你推我搡”的动作，写出了果实之多。

帮它们卸下那甜蜜的负担吧。

这就是我的果园啊，蝴蝶在日光中挥动翅膀，枝叶随风摇摆，果实嬉闹着变得成熟圆满。

4

她紧贴着我的心，好似草原上的鲜花依附着大地，她带给我甜蜜的感受，好似疲劳的肢体在睡眠中得到抚慰。我爱她，那是我蓬勃生命的律动，犹如在秋季泛滥的河水，悠然自得地奔腾。[①] 我的歌与爱情相互交融，犹如潺潺泉水，让波涛与洪流一起欢唱。

❶比喻

将歌与爱情的交融比喻成潺潺泉水，突出了歌和爱情的美好。

5

假如让我拥有天空和天空中无穷的辰星，以及这个世界和这世界上无尽的财富，那么我还会奢求更多。然而，一旦让我拥有了她，那么只要给我地球上最小的一个角落，我便别无所求了。

6

我的诗人啊，你该在这春天奢侈的日光里歌唱那些人：他们一路走过，却没有贪恋风景，他们边跑边笑，却绝不转头回顾，他们在一小时的莫名欢喜中绽放，在须臾之间凋零却从不悔恨。

[②] 你不要漠然坐下，做念珠祈祷般地回忆往昔的欢笑与泪水，你不要停下脚步只为拾起昨夜的鲜花今朝的落英，不要去追逐那逃避着你的事物，不要去寻求那无法明晰的道理，就将你此生的空隙留在原地吧，让乐曲自空隙深处奔涌而出。

❷排比

诗人用四个“不要”的否定句型开头，既显得诗歌句子非常整齐，又告诫了人们不要怎么做，清楚明朗。

读书笔记

7

如今仅剩这么一点儿了，其余的都在那个逍遥快活的夏天挥霍掉了。虽然只有这么一点儿，但刚好可以谱一支歌儿唱给你听；刚好可以点缀那个花朵镯子，戴在你手腕上，或者刚好可以挂在你耳际，犹如一颗粉红色的圆形珍珠，犹如一句让人羞涩的悄悄话；这一点儿，刚好能够进行一场夜间的冒险赌博，而后输个精光。

我的小舟十分脆弱，不适合冒着风雨横渡狂猛的波涛。假如你只是轻柔地踏上这只小舟，那么我将带着你悠闲地顺着布满浓荫的河岸划去，那里的河水荡起幽暗的涟漪，好似被梦境惊扰了的睡眠；那里的鸽子在垂枝上鸣叫，扰得正午的阴影郁郁不乐。白天已经过去了，就在你深感疲倦之时，我将摘下那朵沾着露水的百合花簪在你发间，而后我便离开了。

读书笔记

8

来吧，还有地方可以让你坐。你孤身一人携着几束稻谷。虽然我的小舟载得重了，十分拥挤，但我怎会拒绝你呢？你青春的身姿是纤细的，婀娜多姿的；你的眼角带着一丝闪烁的微笑，你的衣袍颜色艳丽，似雨如云。

乘客们上岸后会踏上不同的道路，回到各自的家。你且在船上多待一会儿，等航行到了终点，任何人也无法将你留下。

你会去哪里，会到哪一家储藏你的稻谷呢？我决不会问出口；可是，当我收好了船帆，停泊了小舟，我会坐在落日的黄昏下细细思考：你会去哪里，会到哪一家储藏你的稻谷呢？

9

女人啊，你的竹篮是那样沉重，你的手脚是那样疲惫。你到底走过了多少路，你希望获得什么利益？道路还很漫长，烈日下的尘埃也是灼热的啊。

你看，[①]这湖丰沛深幽，湖水黑漆漆的，犹如乌鸦的双眸。河岸是倾斜的，岸上长满了娇嫩的青草。

❶比喻

将湖水比作乌鸦的双眸，形象生动地写出了湖水深幽的特点。

把你疲惫的双脚浸泡在水中吧。正午的微风会伸出手抚弄你的头发；鸽子会咕咕唱起催眠的曲子，树叶会低声倾诉栖息在暗影中的隐秘。

假如时间流逝，夕阳西下，假如那穿越贫瘠大地的路途消失在暗沉的天光里，那也没什么关系。

我的小屋就在那里，就在那盛开着指甲花的竹篱旁，我一定会带你过去。我会帮你铺好床，再燃起一盏灯。明日清晨，当给母牛挤奶时那吵闹的声音惊醒鸟雀的时候，我会叫醒你的。

10

蜜蜂啊，这些看不见足迹的追随者，[②]是什么在吸引着它们出门呢？它们急不可耐的翅膀里响着怎样的呼声？它们如何能听到那在花的灵魂中沉睡的乐声呢？它们如何寻到道路，飞向花蜜那羞涩而安静的房间呢？

❷疑问

诗人通过这四个问句，来启发读者思考，这些问句也反映了诗人细致入微的心思。

11

坐落在大海边的花园迎来了夏天。绿叶不过是在这季节萌芽罢了，也不过就是在风中阵阵摇曳和沙沙作响，也不过就是慵懒地随意哼着歌儿，一个白日也就那么过去了。

但是，明年的夏天，请让爱情之花在海边的花园里绽放吧。让我拥有快乐、掌声，唱着滔滔不绝的歌曲载歌载舞，让清晨在甘甜的惊讶中张开眼眸吧。

12

很多世代以前，[①]春天打开了众神花园的南门，你来到大地之上的第一个青春；男人和女人纷纷跑出家门，欢歌笑舞，在突然降临的喜悦的狂欢中，相互抛洒花朵。

①拟人

将春天拟人化，“打开众神花园的南门”写出了春天来临，百花争艳的热闹景象。

一年又一年，你带着鲜花而来，它们还是那些你在首个四月里播撒在路上的花卉。因此，今日在醉人的花香里，它们吐出了往昔的旧梦的哀叹，那已然消逝的世界的萦绕不去的哀伤。你的清风承载着爱的传奇，而那传奇已自所有人类的语言中化为乌有了。

某一天，你携着全新的奇迹走入我的生活，让我生活在初恋的悸动中。自此以后，那种初初品味到的愉悦的温馨羞怯之情，便每年都要到来，它就隐藏在你那柠檬花青涩的花苞里；而你那鲜红的玫瑰，又在它那熊熊燃烧的缄默里，蕴含了我心中所有尚未倾诉的言语；而抒情之时的记忆，那些在五月里度过的日子，则在你那不断重生的嫩叶的激昂亢奋里沙沙作响。

读书笔记

13

我昨夜在花园里为你献上了泡沫丰盈的、我的青春之酒。你将酒杯举至唇边，闭着眼睛微笑，而我则掀开了你的面纱，散开你的头发，将你沉默的恬静的脸拥入我的怀里，那是在昨夜，当月亮的梦徜徉在沉睡的世界之中时。

今日，在晨露清凉的寂静里，你正一步步走向神的寺庙，你沐浴过后，穿上了洁白的衣袍，手中拿着装满鲜花的篮子。而我则低垂着头站立在一旁，在树的浓荫里，在去往寺庙的孤寂的道路旁，在清晨的寂静里。

14

亲爱的，假如我今天迫不及待，请你不要怪罪我吧。这是夏季的第一场雨，①小河边的树林摇曳生姿，卡达姆树的花朵正用它芬芳浓郁的酒杯，吸引轻柔吹拂的风。你看，闪电的目光投射在天空所有的角落里，而肆虐的狂风已将你的头发吹乱。

假如我在今日向你献上忠诚的敬意，亲爱的，就请你不要怪罪我吧。平常的世界已被雨水模糊，村子里所有的工作都已停止，牧场上也寂静无人。即将来到的夏雨，在你的双眸里寻见了它的乐曲，而七月已经等在你门口，想要将它青色裙子上的茉莉花插到你头上。

15

她村中的街坊邻里都说她黑，但她是我心头的百合花，没错，她虽然没有那么白，但真是一朵百合花。②我在田里第一次看到她的时候，乌云遮住了阳光，她没有戴帽子，面纱也掉了，辫子是松散的，就那么披散

读书笔记

①环境描写

诗人从视觉、触觉、嗅觉三个方面对周围环境进行了描写，描绘出夏季雨后清新的景色。

②外貌描写

“辫子是松散的”这个细节，能够看出“她”非常惬意的状态。

读书笔记

在脖颈上。就像村里人说的那般，她或许是黑的，但是，我注意到了她充满喜悦的黑色双眸。

空气的波动预示着暴风雨即将到来，她家的花牛惊恐万状地叫着，她自屋中跑出。她睁大眼朝着乌云观望了片刻，感到了暴雨将至的不安。我站立在田地的角落中——假如她看到了，那么就只有她知道。（或许我是知道的。）她黝黑得犹如夏季阵雨的预兆，又好似鲜花绽放的森林中的阴影，她黑得就像五月思念的深夜里对朦胧恋情的渴望。

16

她就住在池塘边，可通往池塘的阶梯已然腐朽了。在许多个黄昏里，她注视着明月，明月便被摇摆不定的竹影弄得头眼昏花，在许多个下雨的日子里，泥土潮湿的气息，掠过稻谷的幼苗，萦绕在她的身旁。

读书笔记

就在这儿的枣椰丛里，在女孩们一面静坐聊天一面缝补冬季被褥的院子里，人们熟知她的昵称和小名。这池塘深幽的水，一直没有忘记她游弋的肢体；她润湿的双脚，一日日地，在通往村子的小路上印下足迹。

今日妇女们携着水壶来到池塘边，她们都看到过她因为戏谑而绽开的单纯的笑脸；农夫牵着小公牛去池塘边洗澡，他也习惯性地站在她门口表达问候。

数不清的帆船途经这个村庄；无数旅人曾在那棵榕树下歇息；渡船往来，接送人们到对岸的市场上去，但是他们从未发现，就在村子大路旁的这块地方，就在阶梯腐朽的池塘边，居住着我喜爱的姑娘。

17

时光千载悠悠，蜜蜂在夏季的花园中飞进飞出，[1]明月对着夜的百合花绽开笑容，闪电将火热的吻投向云朵后就欢笑着跑开了，而诗人则静立在角落中，与树木和云彩融为一体。诗人让自己的心如花朵般保持静默，他又如新月般穿透他的梦境凝望，诗人无所事事地游走，又好似夏季的一缕轻风。

❶拟人

将明月和闪电拟人化，赋予了人的情感和动作，它们的热烈和后面诗人内心的宁静形成了对比。

就在四月的某个黄昏里，月亮好似水球般从落日余晖的深处升起，一名年轻的女子正忙着灌溉花草，另一名则在投喂母鹿，还有一名女子在逗引她的孔雀跳舞。就在此时，诗人高声歌咏道：“静静聆听这世间的隐秘吧。我知道，百合花因为月亮的爱情而变得面色苍白；莲花总在黎明前揭开自己的面纱，这道理很简单，你思考一下就会明白。蜜蜂在早早绽放的茉莉花耳边不停嗡鸣，学者不明白为什么，但诗人却懂得。”

太阳坠落于一片羞涩的火光之中，[2]明月躲在树后犹犹豫豫，南风悄声告诉莲花，诗人并不如表面看起来那般单纯。年轻的男女鼓掌高叫道：“你泄露了世间的隐秘。”他们看着彼此，高歌道：“就让风把我们的秘密也送走吧！”

❷拟人

将明月和南风拟人化，通过“明月躲在树后”的动作，生动形象地写出了明月犹豫羞怯的状态。

18

假如你一定要将自己的心交给我，那么你的日子必会满含忧愁。我位于十字路口的房屋门户大开，就连我自己也总是漫不经心的——因为我吟诵歌唱。

假如你一定要将自己的心交给我，你将永远都得不到我的回报。倘若现在我就用歌声立下海誓山盟，又显得太过敷衍，难以在歌声消散时信守盟约。你一定要原谅我，因为五月间订立的律法，最好在十二月里被全部否决。

假如你一定要将自己的心交给我，就不要总是耿耿于怀吧。你的双眸饱含着爱情吟唱，你的声音里蕴含着笑的荡漾，此时，我对你提出的任何问题，答案都是恣意放纵的，决不会计较事实的准确——这样的答案应该是永远相信而又永不记起的。

19

书上有这样的记载，人活到了五十岁，就要远离喧闹的社会，去森林隐居，但是诗人却说，只有年轻人才适宜去森林隐居，因为那里是鲜花的诞生地，是蜜蜂与鸟雀不时出没的地方，而安静的角落正期待着绵绵的情话。①那里的月光亲吻着梅莱蒂花，传递出深远的信息，可唯有不到五十岁的人，才能读懂这些信息。

啊，遗憾，因为青春固执任性，也没有经验，所以，最合适的便是年老之人管理家务，年轻之人去森林隐居，接受关于如何求爱的训练。

20

②啊，我的歌，到底哪里需要你？是在智者的气息吹乱夏季清风的地方？是在大家不停讨论“桶依赖油还

读书笔记

❶拟人

将月光拟人化，描绘出一幅美好温馨的画面。

❷疑问

在这个段落中诗人用了四个问句来表达人们对于哪里需要诗歌的困惑，增强了感情表达的效果。

是油依赖桶”的地方？是连颜色暗沉的手稿也为生活的漂泊不定而忧心忡忡的地方？我的歌高声呼喊道：“不，不，不！”

啊，我的歌，到底哪里需要你？富豪们居住在大理石修建的府邸里，一天天肥胖也一天天傲慢，他们的书架上摆放着烫金皮面的书，灰尘都被仆人掸掉了，而那些从未被翻阅过的书页都是要奉予暧昧的神祇的。这就是需要你的地方？——我的歌气急败坏地说：“不，不，不！”

啊，我的歌，到底哪里需要你？青年学子就座，头低垂在书上，心早已游荡到青春的梦中去了。散文在桌子上来回踱步，诗却隐藏在心中。这就是需要你的地方？在这满是尘土、凌乱不堪的地方，你倒玩起了捉迷藏的游戏？[①]我的歌羞涩迟疑，沉默无言。

啊，我的歌，到底哪里需要你？新娘在屋中操劳，她偶有片刻闲暇就会跑到卧室里，从枕下拿出那本浪漫的传奇，这本书被婴儿揉得皱了，还散发着她头发的味道。这就是需要你的地方？我的歌哀叹一声，饱含迷茫的愿望惊慌失措。

啊，我的歌，到底哪里需要你？是在那一丝啾啾鸟鸣也从未错过的地方？是在那哗哗流淌的溪水寻到完美智慧的地方？是在世间所有诗琴都将乐曲倾注在两颗悸动的心上的地方？——我的歌高声叫道：“没错，没错，就是这样的地方。”

读书笔记

❶拟人

赋予了“歌”人的情感和状态——“沉默无言”和“羞涩迟疑”，具有了可视化的形象。

21

亲爱的，我还以为在人生的黎明到来前，你曾立于幸福之梦的瀑布下，让其用湍急的水流浇灌在你的血液中；或者你路过的小径也许正从众神的花园穿过，一丛丛欢欣喜悦的百合花、茉莉花、夹竹桃花，一捧一捧地落入你怀中，闯入你的心灵嬉戏打闹。

①你的笑声，是词句泯灭在喧闹乐曲里的一首歌，是隐匿的鲜花的芬芳里的喜悦之情；你的笑声，犹如月亮隐藏在你内心时从你红唇的窗户里倾泻而出的月光。我不想打探情由，也把原因忘掉，我只知道，你的微笑就是这杂乱生活的喧嚣。

❶排比、比喻……

排比和比喻的运用，显示了“你的笑声”在喧闹和芬芳中独具魅力，如月光般圣洁，只有至真至纯的诗人才能如此细腻地分辨体会。

22

文化的自豪感啊，我情愿让你死在我的屋子里，唯愿幸福的来生我可以转世为布灵达森林里的牧童。

牧童可以坐在榕树下，悠闲地放牧牛群，他可以将大麻花编织成漂亮的花环，他可以在贾莫纳深幽冰凉的溪水中潜水和泼水。

黎明到来时，牧童唤醒他的同伴，小巷里的人家纷纷响起搅拌牛乳的声音，这是在制作奶油。牛群激起尘土般的雾霭，女孩们则来到院中为母牛挤奶。

②暮色笼罩了河边，托玛尔树下的暗影也加重了。跨越波涛汹涌的水流，挤奶的女孩们吓得瑟瑟发抖，艳丽的孔雀展开尾羽，在树林中翩然舞动，此时，牧童正抬头仰望夏日的云朵。

❷环境描写……

通过“暮色”“暗影”“水流”“艳丽的孔雀”“夏日的云朵”等元素，描绘出一幅热闹的场景。

四月的夜晚，香甜得犹如绽放的花朵，他将一支孔雀翎插在自己的发上，消失于丛林之中；被鲜花缠绕的秋千绳索悬挂在大树的枝干上；南风在乐声中带着韵律荡漾，而欢天喜地的牧童们正聚集在河岸边。

弟兄们，不，我不要做这新孟加拉的新时代的首领；我不要惹火上身地为愚昧者点燃智慧的灯，唯愿我能够转生在阿索卡绿树成荫的森林里，转生在布灵达的某个村庄里，转生在女孩们将牛乳制作成奶油的地方。

读书笔记

23

我喜爱我这里的沙滩，① 孤寂的池塘中，鸭子在嘎嘎叫，斑鸠则在晒太阳。黄昏时分，随波逐流的小舟在高高茅草的阴影里躲避风雨。

❶环境描写　这两个句子写出了周围环境的恬静和温馨。

你喜爱你这里树木茂盛的河岸：暗影聚集在竹林的怀抱中，女人们则带着水壶，穿越那蜿蜒的小径走来。

我们俩之间流淌着同一条河，河水对两岸欢唱着同一首歌。我独自一人仰躺在夜空下的沙滩上静静聆听，而你则坐在晨曦里的斜坡边倾听。只不过我听到的语言你不理解，它讲给你的秘密我也永远不会知道。

读书笔记

24

你半开着窗子，半掩着面纱，就站在那里期待卖镯子的人给你带来金箔银丝制作的小饰品。你清闲地注视着沉重的车子在漫天尘埃的道路上叽嘎叽嘎地行走，小船顺着地平线慢慢驶过远方的河流。

[①] 对你而言，这世界犹如老妇人纺纱时哼唱的歌曲，毫无新意的韵律里拥挤着随意编排的形象。

❶比喻 将世界比作老妇人哼唱的歌曲，反映出了此时“你”无聊慵懒，漫不经心，对周遭的一切提不起兴趣。

但是，谁能想到这陌生人竟带着一篮子别致的货物，在这慵懒的酷热的正午上了路呢？他就要经过你的家门口，叫卖声清晰地响起，而你打开了窗子，丢弃了面纱，从你那如梦似幻的黄昏里迎向你的命运。

25

我紧握你的手，我的心望进你双眸的幽暗里寻觅你，你总是躲藏在话语和沉默的身后回避我。

但是我明白，我在自己的爱情里必须对偶尔的相会和难以抗拒的分离感到满足，只因我们是在十字路口的片刻偶遇。[②] 我是否有能力带你穿越这尘世，走出这迷茫的人生曲径？我是否能提供食物支撑你穿越有着死亡之桥的那条黑暗的甬道？

❷疑问 这两个问句反映出诗人内心的困惑和疑虑，仿佛也是对自己内心的叩问，凸显出了诗人内心的迷茫和不确定性。

26

当黄昏在雨中将它的暗影覆盖在河面上，慢悠悠地拖拽着它模糊的光落向西方，一天所剩无几的时间都不够玩耍或工作了，假如你偶尔记起我，我会为你歌唱。

你在南边儿的阳台上独坐，我会在那阴暗的屋子里歌唱。黄昏愈深，窗子里透进树叶潮湿的气味，而暴雨来临前的狂风将在椰树丛里喧嚣吵闹。

灯盏燃亮送进屋子里时我就已经走了。在这之后，或许你会静静倾听夜晚寂静的声音，并在我缄默时听到我的歌唱。

27

我拥有的一切，我都愿意盛满在盘子里奉献给你。我想不到，我明天还能送什么到你的脚下？[①] 我好似一棵树，在本应绽放花朵的夏季，举起了空空如也的枝条，眺望着天空。

❶比喻 诗人把自己比作一棵树，空空如也的枝条是一种夸张的表达，说明诗人想把一切都献给心爱的人，却总觉得没有可献之物。只有爱得深切真挚才会有这样的心思。

但是，在我曾经奉献的所有礼物中，难道连一朵经过永恒之泪浸泡的永不枯萎的花也没有吗？

在我的夏天完结之时，我两手空空站在你面前，你可还愿记起这朵花，并用你的眼神对我表达感激呢？

28

她出现在我梦中，就坐在我的头旁，用手指温柔地抚摸我的头发，弹奏出她轻拢慢拈的旋律。我注视着她的面庞，强忍住泪水，而无法说出口的痛苦，最终让我的睡眠如泡沫般破灭了。

我从床上坐起身，发现窗户上方的银河璀璨夺目，好似宁静的世界着了火，所以我想要知道，此时她是否正做着一个与我相似的梦。

29

当我们越过篱笆看着彼此时，我以为自己会对她说些话，但她离开了。[②] 我那些只想对她说的话，就仿佛一条船，日日夜夜摆荡在时间的波涛上。它似乎要远航于秋云之间，来一场无穷无尽的探索，它似乎要绽放如日暮的花朵，在夕阳里寻找它失去的瞬间。我那些只想对她说的话，忽隐忽现，好似是我内心的流萤，想在心

❷比喻 将诗人想说的话比作一条船，生动形象地写出了此时诗人内心摇摆不定的愁苦。

灰意冷的黄昏里找到它的意义。

30

春花绽放，好似尚未说明的爱恋的深情苦痛。伴着春花绽放的清香，我那往昔之歌的记忆不断袭来。我的内心骤然间披起了欲望的叶片。我的爱人还没来，但我的肢体已然感受到了她的爱抚；穿越芬芳浓郁的田野，她的声音正传来。①哀伤的天空尽头有她的凝望，可她的双眸在哪里呢？天空飞来她的吻，可她的双唇在哪里呢？

①疑问 通过两个问句，凸显出了此时诗人内心的愁闷和对“她”的渴望。

31

我的鲜花，像酒如奶似蜜，我用金色的带子将它们捆成花束，但是，鲜花躲避了我小心翼翼的关注，溜之大吉，只剩下了金色的带子。

我的歌声，像酒如奶似蜜，我将它们融入我心跳的节奏，但是，我这休闲之时的珍宝，它们振翅展翼，逃之夭夭，我的心只好在沉闷中跃动了。

我真心爱恋的美人，像酒如奶似蜜，她的双唇犹如清晨的玫瑰般鲜红，她的双眸好似蜜蜂那样黑。我继续保持心的沉默，以免把她吓跑。但是，就如我的鲜花和我的歌声一样，她也躲避着我，我的爱恋只好孤独地留下了。

32

好几回了，②春天叩响了我们的房门，我总是在繁忙地工作，而你也没有开门。现在只剩下我独自一人，

②拟人 为春天赋予了人的动作。通过“叩响”这个词语，让春的来临动感十足。

内心哀痛，春天又一次到来了，但是我不懂得怎样才能将它从门口赶走。当春天为我们佩戴愉悦的冠冕时，我们紧闭着房门，现在春天携着悲哀的礼物来了，它的路却必须是畅通无阻了。

读书笔记

33

喧嚣的春季，曾经带着肆无忌惮的欢笑闯入我的生活，她的时间里载满只顾当前逍遥快活的玫瑰，她用阿肖卡树嫩叶的鲜红的亲吻，让天空灼烧。现在，春天穿越清冷的小巷，顺着冷寂沉重的、沉思的暗影，悄然溜到了我的孤寂里，她安静地坐在我家的阳台上，越过田野凝望远方：① 大地的翠绿，已在天空完全的苍白中，疲惫地晕了过去。

❶拟人

诗人将不同的颜色融入景色描写中，通过“翠绿”和“苍白”形成了一定的反差。“晕了过去”，将大地拟人化。

34

这是告别的时刻，它就像下坠的雨云一样到来了，我的双手在颤抖，只堪堪来得及将那条红色带子系在你的手腕上。今日，我在马胡艾花朵绽放的季节孤独地坐在草地上，我的脑中一直有个疑问在骚动：那条红色的小带子是否还系在你的手腕上？

你在花朵盛开的亚麻田边的小路上走过。我发现我昨夜的花环依然松垮地挂在你的发间。② 可你为何不等我在晨曦里采摘鲜花作为我临别的礼物呢？昨夜的花环啊，我不知道你是否会在中途从她发间悄无声息地掉落。

❷疑问

通过这个疑问句，写出了诗人内心的困惑：为何你走得那样匆匆，让我来不及送出鲜花。

从清晨到黄昏，我曾为你吟唱了很多的歌，你在分别时将最后那支歌融入你的声音里带走了。你绝对不会偷偷停留，倾听我那还未唱出口的歌，那歌我永远只会为你一人吟唱。也许你已经听厌了我的歌，所以在越过田野时，你就自己哼唱了起来。

读书笔记

35

昨夜浓云密雨，阿姆莱克树的枝干在飓风的手中拼命挣扎。假如我会做梦，我期望，在这雨声潺潺的孤寂夜里，梦能化作我最恋慕的人儿的身影出现。

风依旧越过田野低声呜咽，清晨那挂着斑斑泪痕的脸颊是惨白的。我的梦完全落空了，因为现实是残酷的，而梦自有它的规律。

昨晚，[1]黑暗在暴风骤雨里陶醉，雨水好似夜的面纱，被狂风撕碎，在这雨水霏霏的暗夜，如果假象化作我最恋慕的人儿的身影出现在我身边，现实会不会妒忌呢？

❶比喻 诗人用比喻的修辞手法，将夜晚的狂风暴雨描写得非常生动，凸显了当时暴风雨的激烈。

36

我的枷锁啊，你在我内心深处奏响乐曲。我每日与你游戏，将你当作我的饰品。我的枷锁啊，你是最好的朋友。有很多次，我是畏惧你的，但我的畏惧让我愈加爱你。你是我身处暗夜的同伴，我的枷锁啊，在我与你分别之前，请让我对你躬身致谢。

37

我的小船啊，你的舵已然被折断了很多次，你的篷帆也被扯烂，你不时拖拽着锚漂向大海而对此冷漠视之。但是，你的船体如今裂开了一道大口子，而你还装载着沉重的货。现在，已经到了你结束远航，让大海的波浪把你摇入甜梦的时刻了。

啊，我明白，所有的告诫都是徒劳的，黑暗命运那戴着面纱的脸正在诱惑着你，你被浪涛和风暴所迷惑，涨潮的乐曲不断高扬，跳舞的亢奋将你弄得摇摆不定。

①我的小船啊，那就挣脱枷锁，无拘无束，毫无畏惧地冲向那属于你的灭亡吧。

❶抒情

诗人直抒胸臆地鼓励“小船”挣脱枷锁，勇往直前，追求属于自己的自由。

38

我年轻之时曾在其中飘荡的激流，迅猛强劲地奔腾。春风丝毫不在意自己，树上的鲜花热烈燃烧，群鸟由一刻不停地鸣啼转而深沉睡去。

我感受到激情的洪水的冲击，以使人目眩神迷的高速行进，我还没来得及欣赏与感受，也还没来得及让世界与我的身心相融。

现在，青春的浪潮退却了，我在沙滩上搁浅，我可以听到世间万物那深沉的乐曲，天空也向我开启了它那缀满星辰的心胸。

39

在我的眼睛后面，坐着一个旁观者。他好似看到过世世代代的事物和记忆之海以外的世界，而那些早已被忘记的景色在绿草上闪耀、在嫩叶上轻颤。在有无数不知名星辰的黄昏里，他曾看到那新面纱之后的恋人的面孔。所以，他的天空仿佛因无数聚散的苦痛而哀伤，并有某种期盼弥散在这春季和煦的风里，这种期盼盈满了

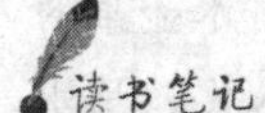

不知起点的世代的窃窃私语。

40

有个消息来自我那已然逝去的青葱岁月，他说道："我在还没出生的五月的震荡中等你，就在那五月间，笑容成熟了，即将化为眼泪，而时间又因无法开口吟唱的歌而感到痛苦。"

消息说："穿越时代的残破小路，跨过死亡的大门，来我这里吧。因为美好的梦已经凋谢，期盼也已经落空，当年采集的果实也已经腐烂，只有我永远真实，在你从此岸航行到彼岸的过程中，必会一次次地遇见我。"

41

少女们去河边取水，她们欢快的笑声从树林里传来，我好想跟随她们到那小巷里去。① 羊儿在小巷里的绿荫下吃草，松鼠跳过掉落的树叶从明媚的阳光里蹿到暗影中。

现在，我已经做完了一天的活儿，我的水瓮中装满了清水。我站在自家的大门口看着绿油油的槟榔树叶闪闪发光，倾听女人们大声欢笑着到河边去取水。

一天又一天，在沁润着晨露的清晨里，在黄昏时慵懒的熹微的闪光里，我搬运着那装得满满的沉甸甸的水壶，那一直是我喜欢做的事情。

② 水壶里哗啦啦的水，在我内心清闲时同我唠叨不停，在我喜悦地沉思、悄悄微笑时也一同欢笑，而在我难过的时候，它又滴答着眼泪对我的心哭泣。我曾经在

读书笔记

❶环境描写

诗人用生动的语言描述了一幅美好的画面，非常富有生活的气息和生机。

❷拟人

将水壶里的水拟人化，用水壶的声响反映诗人的心情，通过"唠叨""欢笑"和"哭泣"能够看出诗人把它当成了一个朋友。

狂风暴雨中运送水壶，那时急切的雨声掩盖了鸽子焦虑的叫声。

我已经把白天的活儿都做完了，我的水壶也都装满了，光芒已自西方消散，树木下的暗影愈加浓郁起来，花朵盛开的亚麻田里传出一声叹息啊，我也有爱慕的双眸，望穿那小巷，那越过村庄、涌向阴暗河水岸边的那条小巷。

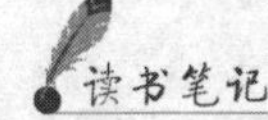

42

难道你只是一幅画像，并不似星辰那般真实，也不似尘埃那般真实？它们与世间万物的脉动一起震动，可画像啊，你却安静地一动不动，将一切都置身事外。

在你我同行的那段日子里，你有温暖的呼吸，你用肢体吟唱着生命。在你的声音里，我的世界寻到了自己的语言，而你的面庞融化了我的心。你在前行时忽然停下脚步，停在了那永恒不变的暗影一边。我依然继续孤身前行。

①人生好似一个孩童，嘎嘎欢笑着，一边狂奔，一边摇晃着死亡的拨浪鼓，它要我前行，我追随着那不可见的，而你站在那里，在那尘埃和那星辰背后停下了，你只是一幅画像而已。

不，不应该这样。②假如你内心的生命激流已停止了，便会让江河不再奔涌，便会让黎明的脚步失去其色彩的节拍；假如你乌黑亮丽的头发消亡在无望的阴暗里，林木的绿荫就会在梦中死去。

读书笔记

❶比喻、拟人

用比喻和拟人的修辞，将人生比作调皮的孩童，形象生动地说明人生不是静止不动的，而是充满活力、不停前行的。

❷排比

诗人用了两个句式比较工整的句子，使得诗歌的气势更加磅礴，增强了韵律感和节奏感。

读书笔记

这不可能是真的，我不会忘记你。我们焦急地赶路，不曾在意，遗忘了道路旁竹篱上绽放的花朵。然而花朵盛放的气味，已在不知不觉中融入了我们的忘却里，让它弥散着乐曲。你远离我的世界，在我生命的根基上扎牢，所以，这样的遗忘，乃是记忆消失在记忆的最深处。

你再也没出现在我的歌曲前，但你已与我的歌融为一体。你伴随着黎明第一道曙光走到我的身边，随着落日最后一道余晖消散，我也失去了你。自此后，我总在幽暗中找寻你。不，你并非只是一幅画像。

43

读书笔记

你的故去在我的生活里遗留下无尽的哀痛。在我意识的天边，你描绘了自己远去时的暮色霞光，还有一条流淌着泪水的小径，它跨越大地，通往爱的天国。在你爱意无限的臂膀怀抱里，在神圣婚姻的缔结里，生与死在我体内融为一体。

我觉得我可以看到你在那里点燃的灯，于是守望在阳台上，因为那里是世间万物开始与终结交汇的地方。我的世界即将进入你开启的大门，你将死亡的酒杯送到我唇边，你用自己的生命斟满酒杯。

44

读书笔记

你以自己的死亡逃离我和所有的身外之物，从世间消散了，只为在我的悲痛中完美地重生，这一刻，我觉得自己的生命趋近完美了，因为男人和女人已在我体内融为一体。

45

女人，请将美好与秩序带到我孤独寂寞的人生里来吧，就如你在世时把它们带到我家里一样。把时间那布满尘土的碎片打扫干净，把空掉的瓶子灌满，把所有遗忘的东西收拾好。而后开启神龛内室的大门，点燃香烛，让我们在我们的神祇面前，安静地相见吧。

46

天空注视着自己辽阔无边的蔚蓝，开始做梦。我们云彩来自它的想象，所以没有家。星辰在永恒不变的冠冕上闪烁。星辰的记忆是永垂不朽的，而我们的记忆是用铅笔记录的，稍后就可以擦掉。我们饰演的角色，来到空气的戏台上，打响铃鼓，投射欢笑的闪耀。但是，我们的欢笑中带着雨，那可真是够实在的，还裹挟着雷，那可真不是开玩笑的。我们不向时间索取酬劳，而那将我们塑造成云彩的风，在我们获得名字前，又将我们吹远了。

读书笔记

47

道路是我一生的伴侣。她每日都在我脚下诉说，每夜都为我的梦而欢唱。

我与她的相约不存在起点，循环往复，每天黎明到来约会就展开了，并以花朵与歌声更替着盛夏，而来自她的每一个吻，对我而言都是第一次亲吻。

①道路是我的爱人，我每夜都为她更换新装，天明时，我就将旧衣服丢弃在道路旁的旅店里。

❶比喻、拟人……

将道路比作爱人，将其拟人化，十分有想象力。

读书笔记

48

我日复一日在老路上行走，我要把我的水果运到集市去，我驱赶自己的牛群到牧场去，我摇动自己的小船渡过河流，我熟悉一路上所有的情况。

一日清晨，我的篮子里装满了沉甸甸的货物。人们正在田地里忙碌，牧场里牛群拥挤，大地的胸怀因为熟透的稻谷而愉悦地起伏。

忽然间，空中传来震颤，天空好似亲吻了我的额角。我的内心突然觉醒了，犹如清晨自雾霭中睡醒了一般。

我忘记要顺着以前的足迹前行。我离开道路走了几步，我以往所熟悉的世界开始变得新奇起来，就好似那朵我曾在它含苞时遇见的花一样。

我为我平庸的智商感到羞惭。我不小心闯入了事物的魔幻之地。那日清晨我迷失了道路，却寻到了永恒的童年，这是我此生最幸运的事。

49

我亲爱的孩子，你向我询问天堂在哪里。圣人告诉我们：天堂位于生与死的边界之外，它不受日夜往复的束缚，是不属于这尘世的所在。

但是你的诗人懂得：天堂永远渴望着时间和空间的怀抱，天堂一直努力要在多产的尘埃里诞生。我亲爱的孩子，天堂在你讨人喜欢的身体里，在你扑通扑通跳动着的心里。

①大海欢快地击着鼓，鲜花踮高脚尖亲吻你，因为

❶拟人

诗人将自然界中比较常见的一些事物拟人化，诗人笔下，大海、鲜花、尘埃都是有生命的，都是灵动的、充满着爱的，说明了“天堂”并非孤悬世外，它就在我们生活当中，在我们生命当中。

天堂就在尘埃母亲的怀抱中，就在你的体内诞生。

50

“月亮，快点下来，吻一下我宝贝的额头。”妈妈把自己的女儿抱在膝上，高声喊道，但明月却一边做着美梦一边微笑。从昏暗中悄然飘来一阵夏季朦胧的芬芳，从杧果树林充斥着暗影的孤寂中传来鸟儿的歌唱。在那个远方的村庄，一个农夫的笛声犹如泉水般哀伤，而年纪轻轻的妈妈坐在阳台上，将孩子抱在膝头，用甜美温柔的声音哼唱道：“月亮，快点下来，吻一下我宝贝的额头。”她仰头看着天上的光明，又注视着怀里的、地面的光明，而我对月亮安静的沉默感到不可思议。

孩子大笑，不停念叨着妈妈的话：“月亮，快点下来。”妈妈笑了，在月明的夜晚笑了，而我这个诗人，那个孩子的妈妈的丈夫，则从后面看着这幅美丽的图画，没有被她们发现。

读书笔记

51

初秋的天气，万里无云。[①]河水涨得满满的，马上就要溢出来了，冲刷着河边树木的根，让它变得岌岌可危。冗长逼仄的小径，好似村庄饥渴的舌头，向下延伸舔到了溪水中。

❶比喻、拟人

诗人描绘了涨水时候村庄周围的环境，将村庄拟人化，将小径比喻成村庄的舌头，形象生动地写出了小径的特点。

我的内心十分满足，当我四下环顾，看到平静的天空和奔流的河水，感受到幸福正如孩子脸上纯净的笑容般不断扩散。

52

学不会忍耐的花啊，你们都等得厌烦了，冬季还没有离开，你们就摆脱了枷锁。激动的茉莉花、成群结队又激情四射的玫瑰花啊，你们守望在道旁，隐形的客人才一出现，你们就上气不接下气地冲了出去。

你们是奔向灭亡的第一批花朵，[①]你们的颜色与芬芳的喧嚣，扰乱了空气。你们放声大笑，你推我搡，你们裸露出胸膛，一批一批地凋零了。

❶拟人

将花朵拟人化，赋予了人的动作和情感，渲染了花朵竞相开放又不惧凋零的状态。

夏天将会在南风的涨潮上行驶，依照它特有的时令到来，但是你们从不计较延缓的时间以证实夏天的来到。你们只凭借信仰的欢呼雀跃，毫无顾忌地将自己的一切都消耗在旅途中。

你们老远就听到了夏天的脚步声，于是扔下你们死亡的斗篷，让夏天踩着前行，甚至在遇到救星之前，你们便摆脱了自己的枷锁，在救星前来认领你们之前，你们就将它当作自己的所有物了。

53

当四月呼出最后的气息，夏季用亲吻炙烤无可奈何的土地时，我的花蕾绽放了。[②]我带着恐惧与好奇来了，犹如一个调皮的小鬼探索隐士的房屋一样。

❷比喻

诗人将自己比喻成一个调皮的小鬼，形象生动地突出了自己心里的害怕和惊奇。

我听见被践踏的树林在惶惶不安地低语，而科基尔鸟鸣唱着夏日的疲倦。穿透我出生的房间那舞动的绿色帘子，我发现了世界的残酷、阴冷和憔悴。

但是，我因青春的信仰而坚强，我勇敢地崭露头角，从天空艳红的碗里饮下烈焰般的酒，骄傲地向清晨问安：我的内心盈满太阳的芬芳，我就是金香木花。

读书笔记

54

在时间开始的地方，搅动神祇的梦时突然出现了两个女子。她们一个是天国宫殿中的跳舞女郎，男人们心悦的对象，她放声大笑，从智者的深思里，从愚者的空寂里，获取他们的心灵，并用毫不在意的手，把心灵当作种子一般播撒在三月恣意的风里，播撒在五月鲜花盛开的狂放里。

另一位女子是天国里头顶冠冕的母后，她端坐于金秋功德圆满的王座上；她在这丰收的季节，将迷失的心，送给那甘甜如眼泪的微笑，送给那沉静如大海的深沉的美，她将迷失的心送去生与死交汇的圣地，那不知名的神祇的寺庙里。

读书笔记

55

正午的空气如蜻蜓的翅膀般颤动。乡村茅屋的房顶，如小鸟一般孵在无精打采的家家户户上，一只看不到踪影的科基尔鸟，自那绿叶繁茂的孤独里欢唱了起来。

流水般清澈的乐曲，洒落在人们喧嚣的忙忙碌碌上，给爱人的窃窃私语，母亲的甜蜜亲吻，儿童的肆意欢笑，都配上了伴奏。乐曲流淌过我们的思想，好似溪水在石头上流淌，于无知无觉中让它们变得圆润美丽。

读书笔记

56

我觉得傍晚孤寂，于是读起书来，直读得我的内心也变得乏味了，于我而言，美好像变成文字贩子炮制的东西了。我倦怠地收起书本，熄灭烛火。须臾之间，屋内月光充盈。

❶反问 诗人通过一个反问句，来启发读者思考，加强语气，说明天地自然的精灵——在诗里以月光为代表——远胜于刻板乏味的书本知识。

①美的精灵啊，您的光布满天空，如何能允许蜡烛的微弱火光将您遮盖住呢？您的声音让土地的内心回归无法言喻的平静之中，书里那空泛的寥寥数语怎能像雾一般将您掩盖住呢？

57

这个秋季是属于我的，因为她跑到我心里左摇右摆。她脚镯上的小铃铛在我血液里叮当作响，她那如雾般的面纱在我一呼一吸间飘荡。在我所有的梦境里，我熟悉她那因风而动的发丝的轻抚。她在屋外抖动的枝叶里，而枝叶则在我生命的跃动中载歌载舞；她那在天空中含笑的双眸，又从我这里痛饮光亮。

58

蓝天上万物熙攘，纵情欢笑；砂子与尘埃一边舞蹈一边旋转，好似孩童一般。人的内心在它们的呼喊中醒来；人的思想期待与它们相伴而游。

❷拟人 诗人充分发挥想象力，将城市的形成描述为梦想想要拥抱大地却最终化为石头、砖块的过程，令人耳目一新。

②在混沌的小溪中，我们的梦想随波漂荡，它伸手想要拥抱大地，但梦想所做的努力化为了石头和砖块，建筑起人类的城市。

声音自过去奔涌而来，要在须臾的生命中寻找答案。它们扇动翅膀，让天空中充斥着颤动的暗影，而在我们内心里不眠不休的思想，离开了巢穴，它们飞跃过昏暗的沙漠，强烈地渴求着表述的方式。它们是无灯的朝圣者，追寻着光之海岸，想要在身外之物中发现自己。它们将被写进诗人的诗歌，它们将被置放在还未设计好的都市高塔内；未来的战场呼唤它们举起武器，它们按照命令联合在一起，为还没有来到的和平而斗争。

读书笔记

59

这是一片“一切我已找到”的土地，他们并不打算在这里建造楼宇广厦。[1]大路旁边有一块绿叶茂盛的草坪，草坪边有一条奔涌的溪流。蜜蜂经常出没于茅屋的门口，门口的鲜花热情奔放地绽放着。在这一片“一切我已找到”的土地上，男人满面含笑地外出做事，傍晚归家时带回的不是工资，而是一首乐曲。

1 环境描写

“绿叶茂盛的草坪”和“奔涌的溪流”体现出了周围环境的美好，描绘了一幅美好的春日风景图。

正午的时候，女人们坐在凉爽的院中，一边哼唱着歌曲一边纺纱，而牧童那长笛奏出的乐曲，则从庄稼如波浪般的起伏中飘荡而来。在这一片“一切我已找到”的土地上，行路之人唱着乐曲走过芬芳森林里光影明灭的绿荫，内心欢喜不已。

商人装载着满船的物品顺流而下，但他们从没在这里停泊上岸；战士们旌旗招展地前行，但君主的战车从没在这里停歇；远行的旅人们来到这里，也只稍作休息便会离开，并不知道这片“一切我已找到”的土地。

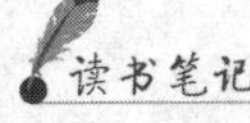

这里道路上的行人从不相互推搡。诗人啊，就在这

里建房安家吧！在这一片“一切我已找到”的土地上，清洗掉你双足上远游的灰尘，奏起你的诗琴吧！白日即将过去，在傍晚星辰照耀的凉爽草地上，伸展四肢躺好吧！

读书笔记

60

把你的金币收回去吧，国王的顾问官啊。我原本是你派遣到森林圣地的一个女人，你叫我们去诱拐那名年轻的、从不近女色的苦修士，可我并未完成你的任务。

天光隐晦破晓之时，这位隐世而居的少年来到河中沐浴，[1] 他的棕色头发披散在肩头，好似一抹清晨的云彩，而他光亮的四肢，好似一道道的日光。我们乘舟，一边划桨一边欢歌，嬉闹着跃入河中，在他的周围载歌载舞。此时太阳已经升起，从水边上怒视着我们，涨红了脸颊。

❶比喻 将这位少年的头发比喻成云彩，形象生动地写出了少年美好的形象。

这少年犹如一名年少的神祇，他睁着大眼看着我们，惊异之情越来越深，他的双眸终于露出如明星般炯炯的光。他举起紧握的双手，发出鸟儿鸣叫般青涩的声音，唱起了一首赞美的歌，丛林里的树叶为之激动。此前可从没有人用这般绝妙的好词歌唱过尘世的女人们，这些词句犹如沉静的山岭生发而出的、对晨光默不作声的赞美诗。女人们抬手掩住口鼻，笑得摇摇摆摆，于是少年脸上浮现一抹疑惑。我快速走到他身边，悲哀地伏在他脚边道：“主啊，请让我侍奉您吧。”

读书笔记

我将他引到青草茂盛的河滩上，用我的绸衫擦干他的身体，我跪伏于地，用我垂落的长发擦干他的双脚。当我仰头凝望他时，我好似感受到了这个世界赠与第一个女子的第一个吻。我是被祝福的，上帝将我塑造成了一个女人，上帝是赋予了祝福的。我听到他说："你是哪里来的神祇啊？你的爱抚是永恒的爱抚，你的双眼里含有夜的秘密。"

不，国王的顾问官啊，不要露出那样的微笑。[1]老人啊，你的圆滑和小聪明如灰尘般遮住了你的见识，但这纯真无邪的少年却透过雾霭，看到了璀璨的真实：神圣的女人。

❶比喻

将老人的圆滑和小聪明比作灰尘，而老人们的圆滑和少年的纯真形成了一定的反差，更加突出少年的真诚。

啊，在首次恋慕之情的庄严光辉里，我心中的女神已经醒来。泪水充盈了我的双眸，晨光犹如姐妹般轻抚我的长发，林中和暖的风，犹如亲吻鲜花一般吻上我的额头。

女人们拍动双手，纵声欢笑，她们的面纱拖拽在地，头发披散下来，她们将鲜花投掷给他。

啊，我清纯无垢的太阳，我的羞惭可以编织成鲜红的云雾，将你遮盖在里面吗？我伏身在他脚边喊道："请您饶恕我吧。"我像一只受到惊吓的小鹿般逃走了，越过日光和暗影，边跑边喊着："请您饶恕我吧。"女人们恶毒的笑声如噼啪作响的暴焰，向我咄咄逼来，而少年的话却始终响彻我的耳际——你是哪里来的神祇啊？

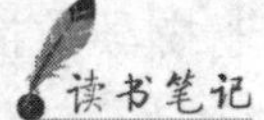

精华赏析

本诗集里面的大部分作品是爱情诗，其中很多题材选的是历史典故和神话传说，带有浓浓的恒河平原的气息，整体风格清新自然。而诗人用了深情的笔墨书写怀念亡妻的诗作，字字句句都能读出哀伤和缅怀，弥漫着恬淡、肃穆的意境，处处流露着深邃的哲理，给人带来丰富的启示。

延伸思考

1. 诗人将那份肆无忌惮的爱比作酒中的泡沫，对此你有什么理解？

2. 虽然本诗集大部分诗歌是记录爱情的，但是诗歌中的某些句子非常具有哲理，请找到其中三个句子。

相关评价

泰戈尔出身于书香门第，受兄长的影响和艺术氛围的熏陶，从小酷爱文学，是文艺女神的忠实信徒。他非常钟爱印度古代神话中的爱情故事，并受到启发，逐渐开始文学创作，他少年时期的作品《野花》《罗陀与黑天》，写的就是爱情。《罗陀与黑天》取材于梵语爱情神话传说。他以稚嫩的笔触，生动地描写了情女罗陀对恋人黑天的思念、在黑天面前的娇嗔和怕被抛弃的惶恐。他在这部尝试之作中崭露才华，受到兄长的热情鼓励和赞扬。

随想集

名师导读

本诗集所记录的是诗人零碎的感想，更能够反映出诗人自己内心世界的丰盈和饱满，也能使我们更加了解诗人所经历的不同生活状态。那就让我们在这个诗集中，去探索诗人的内心世界，感受诗人带给我们的力量。

脚走出来的路

1

这条道路是用双脚踏出来的。

它来自树林，奔向田野，自田野通往河岸，最终来到渡口周围的那棵榕树下。而后，它从河对岸碎裂的阶梯拐向村子里，然后途经亚麻地，越过杧果园的绿荫，绕过荷花池，顺着大车道边沿，不知还将通往哪个村子。

曾有多少人走过这条道路啊！[①]有些人超过了我，有些人则与我同路而行，有些人只远远地露出了身影，有些人用面纱遮住脸，有些人则露出面容，有些人前去打水，有些人则带着水壶返回村子。

❶举例 诗人列举出那些人走在路上不同的状态，突出了走在路上的行人之多。

2

如今白天已然过去，黑夜来临。

某一天，我似乎觉得，这条道路应该是属于我的，完完全全属于我自己的；但是，如今我才发觉，我拿着的只是沿着这条道路行走一次的指令，除此之外，再无其他。

读书笔记

穿过柠檬树另一边的池塘，走过矗立着十二座寺庙的河边阶梯，经过粮仓、河滩、牛舍——无法再返回那有着熟稔的话语、目光、容貌的住所！“原来如此啊！”这条道路只能前进，无法后退。

今天，我在这蒙蒙的暮色中再次回首往昔，我发觉这条道路犹如一本被忘记的诗歌集，人们说足迹便是它的词句，晨歌的乐曲便是它的曲调。

曾在这条路上走过多少人啊！这条道路，在它那仅有的尘埃画面上，简洁地绘制出人们生活的所有往昔；这幅图画，从朝阳初生的地方通向夕阳落幕的地方，从一扇金光闪耀的大门通往另一扇金光闪耀的大门。

3

“啊，双脚踏出的路啊！请不要将往昔岁月发生的那许多旧事沉积在你的泥土里。如今我将耳朵贴上你的泥土，请你对我轻声讲述！”

道路，将食指指向黑沉的夜空，默默无语。

①“啊，双脚踏出的路啊！那么多旅人的那么多忧虑，那么多希冀，都去了哪里呢？”

❶疑问

诗人用了一个疑问句来发出自己的感慨，通过这个疑问句，表达了作者对人生的困惑。

沉默的道路，还是不发一语，它只是从晨曦到黄昏默默地提示。

“啊，双脚踏出的路啊！那日坠落在你胸膛上的落英般的足迹，现在因何没了影踪？”

道路，难道它知道自己的终点在哪里吗？沉默的歌和凋零的花，已然飘落，星光璀璨下的永恒的苦难灯节，也依旧在那里庆祝。

读书笔记

阴郁的一天

白天整日劳作，周围都是人们忙碌的身影。白天时我感到这一天的劳动和交涉都已在日落时完成。我还没来得及思考：是否还有残留的话语存放在心头。

① 今日清晨，云烟漫漫，天际墨黑。今日，整天的劳动又堆积在我面前，人们依旧聚集在四周，但我今天却感觉那郁结于心的一切，却没办法拽出来加以毁灭了。

❶环境描写 这个环境描写能够凸显出压抑的氛围，也能够反映出诗人内心的烦闷。

人，能够远渡重洋，飞越峻岭，凿穿地宫偷盗财富，但一个人的心里话，却无论怎样也没办法毁灭另一个人。

今日，在这布满阴霾的清晨，我那被束缚的言语，正在内心振翅拍击。内心那隐匿的人问道：②“我的永恒之人在哪儿？难道是他扫空了我内心的阴云，将所有雨露拿捏？”

❷疑问 运用心理描写，将内心的想法详细地描写了出来，能够看出诗人此时心里的忧虑和烦恼。

今日，在这布满阴霾的清晨，我听见心里的话只是拨弄着紧锁的门闩。我便想：“我该如何是好？我的言语到底遵循着谁的呼唤，穿越劳动的栅栏、高举音乐的火炬焦急地去与世界约会？我那所有茫然的痛苦，是在谁的眼神提示下，汇聚成了快乐，化作了灼灼闪耀的光芒？我只能把我的一切都赠与那个用这种乐曲来祈求我的人。而我那摧毁一切的苦修者，又站在街道的哪个角落呢？”

[1]我心中的苦痛，今日穿上了红色的袈裟。它期盼着走到外面，走到距离一切劳作最远的路上；这条道路好似独弦琴的琴弦一般，在那隐匿于内心之人的脚步弹奏下，发出嗡嗡的声响。

❶拟人

将痛苦拟人化，更加能够反映出诗人内心痛苦深厚。

云　使

1

竹笛在相会的首日演奏了什么曲子？

她吹奏着：“属于我的远方的人啊，已经来到我身旁。”

竹笛还吟唱着：“说到保留，我还留存着难以留存的东西；说到获取，我能够获取被丢弃的一切。”

[2]可是，竹笛后来为何不在白天演奏音乐了？

❷设问

诗人通过一个问句，引发出后文对于为何不在白天演奏音乐的描写，更能引发读者思考。

因为我遗忘了一半的含义。我以为她在我身边，却没想到她距我千里之遥。爱情有一半是相聚，这我知道，但另一半却是分离，这我还不清楚。再也无法看到那远方的永远得不到满足的约会，而屏障已竖立在身前。

人与人之间，隔绝着广袤的天宇，在那里只有孤独，在那里没有言语，唯有用笛声才能满足那无边的孤寂。假如没有无垠天宇的缝隙，笛子就无法演奏乐曲。

横亘在你我之间的那方天宇进入了黑暗，在那里到处是每日的话语和劳作，到处是每日的贫穷、惊惧和忧愁。

2

一个夜晚，清风阵阵，我毫无睡意地坐在床上，内心感到悲哀苦闷。我想起来了，伴在我身边的人，已经被我弄丢了。

① 这样的分离何时才会终结呢？这可是我们之间永远的分离。

日落，我结束工作回到家里，谁还能和我聊天呢？她只是这世间万千人中的一个，能够了解她，能够认识她，但她已燃尽生命。

但是，我那位还没燃尽生命的人，我那位仅剩的亲人又在哪儿呢？我要去哪个广袤无垠的希望之岸寻回她呢？

我再次与她交谈是在何时呢？是在哪个充盈着浓郁茉莉花芬芳的闲适的黄昏呢？

3

这个季节，新雨好似一片宽大的青色长衫般游弋在东方大地，这让我记起了诗人吴久伊尼说过的话，我觉得那好似在向我的情人派出云使。

我的歌声啊，请尽情高飞吧！飞到那既远且近的无法逾越的异国去吧！

但是如此一来，我的歌声就将与时间逆行，就让它回溯到你我首次约会的那一日吧！② 那天充斥着悲凉的

❶疑问

这个问句表达了自己内心深处最真实的疑惑，而且也反映出了不想面对分离的情感。

❷排比

诗人用了一个排比句，把那天的情景非常详细地描述了出来，烘托出一种悲剧气氛。

笛声；那天世界的霏霏细雨与无尽春天的所有芳香、所有悲痛饮泣都融汇在了一起；那天自凯多基花丛中传出了沉痛的哀叹，纱尔花用枝叶展现了昂扬的牺牲精神。

在没有人烟的湖畔，在椰子树的丛林中，雨声潇潇；请在雨后将我的言语传递到我情人的耳中吧。她可能正束起发，将纱丽围在腰间，忙于家务呢。

4

[1]广袤无边的天宇，今日来到花木繁茂的大地床头，低身垂首，小声耳语道："我只属于你。"

大地道："这不可能！你如此广袤无垠，我却那么微不足道。"

天宇道："我已然在周围为我的行云制定了边界。"

大地道："你拥有无数的光明财富，而我却一贫如洗啊。"

天宇答道："今日我已将星辰日月全部抛弃，今日你就是我仅有的爱人。"

大地道："我的内心含着泪水在随风惊颤，而你却岿然不动。"

天宇道："你难道没有发现，我今日也泪水涟涟。我的胸怀如今也如你那颗晦涩的心一样，笼罩着暗影。"

他说完便用盈满泪水的歌声弥补了大地到天宇的永恒的差距。

5

就让这初雨携着大地与天宇婚礼的贺词降临在你我

❶拟人 诗人运用拟人的修辞手法，将天宇拟人化，"低身垂首"和"小声耳语"的动作写出了天宇的温柔。

读书笔记

分别的时刻吧。[①]让深埋于我所爱之人内心那难以表述的话语，犹如忽然奏响的琴声一般，流泻而出吧！就让她那好似远方林缘般色彩的绿色纱丽披在头顶吧！让一切云雨的乐章在她那炯炯有神的目光中奏响吧！愿那编织在她发间的贝库尔花环越加艳丽！

[②]竹林中的暗沉随着蝉鸣愈加浓重，灯火在冷风的吹拂下熄灭了，她就在此时离开了她依依不舍的世界，在我那颗孤寂的心醒悟的晚上，顺着那盈满潮湿青草气味的林间小路离开了。

❶比喻

将话语比作琴声，形象生动地写出了诗人此刻内心深刻且悠长的情感。

❷环境描写

这一段的环境描写渲染了悲凉的氛围，通过写竹林中的暗沉和蝉鸣声，凸显出了夜越来越深的特点。

话　语

1

天空中的乌云，化作了颗颗雨滴，坠落大地，它这是在向大地投降哩。女人们就如雨滴般，不知来自哪里，成为尘世的阻碍。

在她们看来，世界太渺小了，男人也太稀少了。她们唯有将自己的苦痛、言语、顾虑等一切全部局限在那方窄小的天地里。因此，她们将面纱戴在头上，将镯子缀在手上，在屋院的周围建起围墙。女人们是居住在狭小天地里的因陀拉妮。

但是，某位不知名的神祇开了个玩笑，于是一个小女孩便带着惶惶不安，出生在我们的邻里。母亲气愤地称她“魔鬼”，父亲笑着唤她“疯子”。

她宛若一池泉水，越过权势的暗礁，奔涌向前。她的内心，犹如长在竹子顶端的枝叶，只是在瑟瑟发抖呢。

读书笔记

2

我在今天看到，那个固执的女孩靠着阳台上的栏杆，安静地伫立着。[①] 如果将她比喻成雨后的彩虹，那是十分恰当的。她那黑黝黝的眼眸，今天却看起来有些无神，好似被雨水淋湿双翅的小鸟，在豆马尔树枝上站立着。

❶比喻

将女孩比喻成了雨后的彩虹，十分恰当地写出女孩的美好样子。

我从未见她如此呆滞。我感到她就如一条奔涌的溪水，忽然在某个地方，变成了一汪沉静的水池。

3

就在前几日，酷热持续着它凶残的统治。[②] 大地的面色凄凉，暗沉；树叶枯黄，萎靡，失去了生机。

❷环境描写

用了两个排比句，不仅增强了文章的气势，还详细地写出了酷热带来的景象的变化，突出了天气热、气温高的特点。

就在此时，几朵散漫癫狂的乌云，忽然在天空安营扎寨。

夕阳的余晖洒下一缕血红，犹如一把自剑鞘激射而出的利刃。

夜半时分，我发现大门在剧烈地抖动。暴风雨揪着城市的头发，将它自梦中叫醒。

我起身查看，巷子里的灯火在细密的雨中看起来非常昏暗，犹如醉汉迷蒙的双眼。纷纷细雨中，传来寺庙的钟声。

清晨，雨丝更显密集；太阳依旧没有升起。

读书笔记

4

我家邻居的女孩，扶着阳台上的栏杆，冒着风雨，安静站立着。

她的妹妹走到她面前，对她说："母亲在叫你。"

女孩用力摇了摇头，辫子也随之摇摆起来；她的弟弟手拿一条纸船，来拽她的手，她却将手抽了出来。弟弟想要拽她一起去玩耍，可她却打了他。

5

雨还在继续下。夜色更深。女孩依旧愣愣地站立着。

自远古时期创造出来的话语，是用风的声调和雨的词句说出了第一句话。世世代代过去了，那被遗忘的远古的话语，如今又借雨声在呼唤这个女孩了。那呼唤声穿过一切阻碍，慢慢弥散在远处。

曾经有过多少伟大的时代，有过多少伟大的人世！又有多少生命在这世界的不同时代里快乐地生存繁衍！那样久远，那样辽阔！穿越雨声和云影，我们在这个不服输的小女孩脸上，看到了那一切。

她闭上那双大大的眼眸，安静地矗立着，犹如无穷世代的楷模。

竹　笛

笛子的语言，是恒久的语言；它起源于湿婆束发的恒河流水，一日日流过大地的胸膛；它犹如仙子，在与亡者灰烬的嬉闹中自天而降。

我在道旁站立，静听笛音；我无法解释自己当时怀着一种怎样的心情。我原本想将那种哀痛融入习惯的苦乐中去，但它们没能融合。我发觉，它比那熟识的欢笑还要清楚，比那熟识的泪水还要深重。

我还发觉，熟识的并非真理，而真理则并非熟识的

读书笔记

读书笔记

读书笔记

东西。这种奇奇怪怪的想法是如何出现的呢？这用语言可难以回答。

今日清晨，我一起身便听到有结亲的人家正吹奏着笛子。

往日的笛声与这婚礼首日的笛声有哪里相似呢？深藏的不满，浓烈的失望；傲慢、鄙视、疲惫，没有最基本的信心，丑陋的毫无意义的争吵，不可宽恕的冲突，生活中司空见惯的贫穷，这所有的一切，又如何能用笛子的神圣语言来表达呢？

读书笔记

曲声自人世之巅，将熟悉的所有的语言帷幕一把撕碎。恒久的新婚夫妻，盖着鲜红而羞怯的头巾约会，而这头巾便在这笛声中被缓缓掀开。

那边，笛子演奏起互换花环的曲子；这边，我看了看这位新娘。她脖子上缀着金链，脚腕也戴上了两只脚镯，她仿佛站立在泪湖那朵愉悦的莲花之上。

笛子的乐曲祝福她成为新家的成员，但是对她却还不熟悉。少女从她熟悉的家里来到这里，成为这生疏人家的媳妇。

笛子说，真理就是这样的。

黄昏和黎明

黄昏已然降临到了这里。太阳神啊，您的黎明如今陨落在哪个国家、哪个海岸？

①晚香玉正在黑夜中微弱地颤抖，仿佛覆着纱巾的新娘，羞怯地站在新房的门口；晨曦之花——金香木，

❶比喻 将晚香玉比作新娘，生动形象地写出了晚香玉的娇羞姿态。

你又盛开在哪里呢?

有人睡醒了。傍晚点亮的灯已然熄灭，夜间编织的白玫瑰花环也已经凋零。

这里家家户户的大门都紧闭着，而那里所有人家的窗子都洞开着。这里的船停泊在岸边，渔民进入梦乡，而那里则在风中升起了船帆。

人们走出客栈，向着东方行去，晨曦照映在他们的脸上，他们到现在也还没有偿还渡河之资。一双双黑漆漆的眼眸，透过一扇扇路旁的窗户望着他们的背影，蕴含着同情。道路在这些人面前掀开了红色的请帖：“所有的一切都已经为你们准备好了。”伴随着他们的心潮起伏，已然擂响了胜利之鼓。

这里,人们都乘坐这暮旦之舟向着黄昏的彩霞中行去。

在客栈的院中，他们铺着破烂的衣衫，倒下便睡；有些独自一人，有些还带着疲倦的同伴；在幽暗中，看不清前路，如今他们只能轻声谈论着所经之路上发生的一切；交谈的声音停止了，一片死寂，而后他们从院中仰望天空，北斗七星正高高悬于天宇。

太阳神啊，这个黄昏站在你左边，而那个黎明则站在你右边摆动腰肢。请您让二者联合在一起吧！让这朝阳的清晖和傍晚的暗影相拥、亲吻吧！让这傍晚的歌曲为黎明的歌声祝福吧！

小　巷

我们这条曲折的小巷，是用石子铺就的，一会儿向

读书笔记

读书笔记

左，一会儿向右，好似在寻找什么东西。但是，不管它拐向哪里，终会遇到一些阻碍。此处高楼林立，彼处房屋高耸，前方楼房密密麻麻。

如果你仰望天空，便会发现上方是一条天带，它和巷子一样狭小，也同巷子一般扭曲。

巷子向这狭小的天带问道：“姐姐啊，你是哪座蓝城里的小巷？”

正午，它只有极短的时间能见到太阳，于是它暗暗对自己道：“我真是不明白，这到底是什么地方。”

楼宇之间的天空中，雨云逐渐变得沉重，犹如有人拿起铅笔将小巷中的一缕光明涂抹掉了。①石路面上，雨水潺潺流淌，水滴响起击鼓般的声音，仿若耍蛇时节一般。道路湿滑，行人的伞不时碰擦在一起；突然，一股水流自屋檐坠落到行人的伞上，把他们吓了一跳 。

巷子感慨道：“为何要莫名其妙地下雨呢，要是干旱该有多好啊！”

在帕尔衮月，南风犹如一个倒霉的人，忽然间闯进了巷子，顿时尘埃四起，纸屑飞扬。巷子气愤地道：“这肯定是某位癫狂的神仙醉后发狂！”

这条巷子的两边，常年堆积着各色垃圾——炉灰、鱼鳞、死老鼠和菜叶。巷子明白，这就是现实。哪怕健忘，它也从不会有这样的想法：“所有的这一切到底是为了什么？”

然而，当秋日的阳光映照在屋顶的晒台上时，②当祈祷的钟声不停敲响时，巷子内心立刻感到：“也许在

❶环境描写

诗人从听觉“击鼓般的声音”和视觉“雨水潺潺流淌”这两个层面，描写了下雨时候石路面上的情景，非常具有画面感。

❷拟人

将巷子拟人化，借着巷子来抒发诗人内心对光的向往。

这条用石头修建的道路之外，还存在着一种崇高的光！”

时间在这里消逝；光芒好像忙碌的妇女的纱丽边角，顺着高楼的肩膀滑向巷子的边缘；九点的时钟敲响了，女仆挎着竹篮自市场上返回，厨房里飘出的袅袅炊烟和食物的香气，充盈在巷子里；那里，人们在一刻不停地赶路。

当时巷子又在想：“在这条由石头铺就的小路上，所有存在的都是真理，而我感到崇高的东西，只不过是幻想而已。”

一瞬目光

上车之时，她朝我转过脸，投给我最后一次的目光。

在这无垠的世间，我能把这目光隐藏在哪里呢？

我要去哪里寻找这个地方——那儿的时间永恒不变。

[①] 云彩的光辉，都会融入晚霞中，难道她的这道目光就不能同晚霞融合在一起吗？既然纳格凯绍尔花中的金粉能够被雨水冲散，那么雨水为何不能把这道目光也一起冲走呢？

❶反问

诗人通过反问句加强语气，突出感情，体现了诗人对“她”的目光的留恋。

这目光既然能在世间万物中传播，那它为何还要驻足在无尽的苦痛和废话之中呢？

她这瞬息之间的礼物，跨越生活里的一切，来到了我的身旁。我要将它写进歌词里，谱到乐曲中，我要将它存储在美的国度里。

帝王的权利，贵族的财富，在人间都是归于亡者的。但是，在眼泪中难道就没有让那一刹那的目光化为永恒的东西吗？

歌声唱着："好吧，请把它交给我吧！我既没有去触碰帝王的权利，也没有贵族的财富，唯有那些微不足道的东西才是我永恒的珍宝，我将用它们编织一条无穷无尽的项链。"

一 天

❶拟人 将细雨拟人化，把周围的环境描写得活灵活现，也能突出诗人心里的烦闷。

[①] 我记得，那是一天的正午，蒙蒙细雨显得十分疲倦，一阵强风袭来，让它更为震怒。

室内昏暗，我没有心情工作，于是我弹起琴，在雨声中高歌。

她从旁边的屋子里出来，悄悄走到门前，但是她又折返而回。她再次走到门外，在那里站立着，然后又缓慢地走回房内，坐了下来。她拿着手里的针线，注视着窗外那些模模糊糊的树木。

雨不下了，我的歌声也停止了。她站起身，理顺自己的长发，此外再没做什么。唯有那天的正午，将歌声、雨声、懒散与昏暗融合在了一起。

❷比喻 将那日正午的时光比作宝石，生动形象地突出了这段时光对于诗人的重要性。

历史上有帝王和国王，也有战争和起义，但这些很轻易就会被遗忘，[②] 唯有那日正午的一小段时光，像宝石一样难得，被珍藏在时间的珍宝盒里。这件事唯有我们两个人知道。

忘恩的悲痛

清晨她辞别而去。

我的内心对我解释说："这一切都是虚幻的。"

我气愤地道："难道我阳台的花盆，桌上的针线盒，床上的那把写着名字的扇子也都是虚幻的吗？”

内心又说：“你再想想看——”

“闭嘴吧！”我说，“难道你看不到那本故事书吗？书里还夹着一根发簪，她还没把这本书读完。如果这一切都是虚幻，那到底什么才是真实的？”

内心开始沉默起来。一位朋友对我说：“只要是美好的事物，就都是真实的，而美好的事物是不会消散的，宇宙万物都在保护这些美好的事物，犹如把一颗颗珍珠串成项链。”

读书笔记

我气愤地质问道：“这些你是如何知道的？人的身躯难道不够美好吗？可她的身躯在哪里呢？”

小孩子赌气时会殴打自己的妈妈，我就好像一个小孩子，开始痛殴这世间所有的樊篱。我说：“这世界就是背信弃义的。”

忽然，我大惊失色。我好像感到有人在说：“真是背信弃义！”

读书笔记

我看向窗外，穿透柽柳的枝条，月亮正缓缓升起，就好像那位离开之人的微笑在与我玩游戏呢。从那布满星辰的暗黑夜空，好像传来了谴责的话语：“我赠与你的那样东西不是空的，难道非要等到落下帷幕，你才会不再怀疑？”

十七年

我与她相识十七年。

多少往来，多少约会，多少闲谈！她曾有过多少暗示，多少理想，多少推论；启明星的光芒偶尔陪伴着她，击碎晨曦的酣梦，茉莉花的芬芳时而充盈了六月的傍晚，有时会敲响暮春时节倦怠的鼓声。十七年间，这所有的一切都已牢牢记在她的心里。

而且，我们每次约会，她都会叫着我的名字。回应她的人并非神的独创，而是成长于十七年来对她的了解过程中：[1]时而是在仰慕中，时而是在鄙视中；时而是在劳作中，时而是在空闲中；时而是在众目睽睽之中，时而是在私下里。我就是在这样对她默默的了解中，慢慢成长起来的。

❶排比　这个排比句写出了十七年来诗人对“她”了解的不同过程，进而反映出诗人自己的成长过程。

后来，又一个十七年过去了。但是曾经的晨曦，曾经的夜晚，在系圣线时却都消失不见了，它们都已然消散了。

然而它们一日日不停地问我：“我们将被安置在哪里？是谁将我们召唤而来，把我们包围着？”

我回答不出，只好沉默地坐在那里冥思苦想。可是，它们又乘风而去，并且说：“我们自己去寻找。”

“寻找什么？”

它们也不明白要去寻找什么，因此，[2]不时飞往这边，不时飞往那边，就好像黄昏时不着调的云彩隐入黑暗之中，让我再也寻不到它们的影踪。

❷比喻　随时光飞逝、一去不返的与“她”的情感回忆如隐入黑暗的云。

最初的悲痛

往昔的那条林荫小道，如今已长满了青草。

在这没有人烟的地方，忽然有人从我背后问道：“你不认识我了吧？”

我转身看向她的脸，说道："不，我记得你，只是无法准确叫出你的名字。"

她道："很久以前，我是你二十五岁时的伤痛。"

① 她的眼中光华闪耀，仿佛湖水中的一弯明月。

我呆愣地站着，说道："我以前看你就犹如斯拉万月的彩云，但如今你倒更像是阿斯温月的金色塑像。难道你已将往昔的泪水全部丢弃了吗？"

她没再说什么，只是对我微笑；我懂了，那微笑已说明了一切。雨季的云彩掌握了秋季赛福莉花微笑的技巧。

我问道："你身边难道至今还保存着我二十五时的青春？"

她答道："你看，我脖子上挂着的这条项链，不就是了么。"

我发现，那很久之前春天里的花环，竟然一片花瓣都没有凋谢。

于是我道："我所有的一切都已老去，没有凋零的，唯有挂在你脖子上的我那二十五岁的青春。"

她缓缓摘下花环，将它戴在我的脖子上，说："你是否还记得，你那时说过，你不需要宽慰，你只想要哀痛。"

我羞惭地说道："我是那样说过，可许多岁月过去了，我不知道什么时候已经将它忘记了。"

她说："灵魂的主人是不会忘记它的。我至今依然坐于树荫下，你应该尊崇我。"

❶比喻

将眼睛比作湖水中的一弯明月，形象生动地突出了眼睛中闪烁的光芒格外动人。

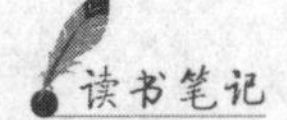

我将她的双手放在我手上，道："难道我就是你心动的形象吗？"

她答道："往昔的哀痛，如今已经化为了安乐。"

小 议

❶象征 春天来时不再有新叶萌发，象征暗黑的生命不再有生机，不再有希望。

如今我懂得了，[1]人们用罪恶之火将自己余生的所有光阴都燃烧殆尽，让它变成了暗黑的色泽，当春天来临的时候，这里便不会再有新叶萌发。

一直以来，人们就预备好了那个尊贵的宝座。宝座对人们说，他们的神祇已经上路，即将要来光顾了。

人们欣喜若狂之时，毁掉了那个准备了很久的宝座。这时，圣地上已经被摧毁的祭坛说："毫无希望了，没有谁会过来了。"

经年累月的准备如今已经损毁。那时节，铺天盖地的喊声从四周传来，"赢了，动物赢了！"

❷比喻、拟人 将时间比作公牛，围着榨油机走动，揭示了一种无望而悲戚的生命。

我那时听人们说道："如今什么样，未来也是什么样。[2]时间就好似蒙着眼罩的公牛，一直围着同一架榨油机走动，发出相同的凄惨的叫声。这就是缔造。缔造就像盲眼人的呜咽。"

内心说："这是为何啊！不如让歌声马上停下来吧！如今只剩下负重的争吵，再也没了心怀期盼的歌声。"

从幼时起，每当看到那条路，我心中便会弥漫出欢迎曲的气息，发现那条路在聆听地平线的私语，我便知道了，战车已自彼岸出发。如今我看着那条相同的路，发觉那里既没有人们的房屋，也没有旅人的话语。

七弦琴说道："悠长的道路上，假如没有我那乐声的陪伴，就请将我扔在路边吧。"

那时我看着道路旁边，惊讶地发现，有一棵长着刺的树矗立在尘土中，树上只盛开了一朵鲜花。

我惊叫道："啊！这不就是足迹吗？"

① 那时我发现，地平线和世界在低声耳语；那时我发现，它正在凝望着苍穹。那时我发现，棕榈树的叶子在月光下不停颤抖；穿透竹子间的缝隙，月光好似在向湖水眨着眼睛。

道路说："请不要恐惧。"

我的七弦琴道："开始弹奏乐曲吧。"

❶拟人

将地平线和世界拟人化，突出诗人惊喜和欢快的心情。诗人发现了生命的酝酿、憧憬、活力，一切都有了希望。

迎宾曲

1

准备工作那么紧张，没有丝毫空闲时间让我安静地思考一下，准备的目的是什么。

但是，我在繁忙之余推了推心灵，问道："难道是有贵宾要来？"

"你瞧着吧。"心灵道，"如今最紧要的是抢占地盘，筹集原料，修建大厦。别来干扰我。"

我于是不再多问，只低头做事。我预计地盘已经占够了，材料也备齐了，大厦应该已经建成了，那么答案也会有的。

地盘越来越大，材料十分充足，七幢配楼都已经建好。② 我没忍住又开口问道："请给我一个答案吧。"

❷对话

用我与心灵的对话提出了一个问题：我们为什么而忙碌？同时揭示，我们都没时间思考这个问题。

读书笔记

“我没时间，你再等一下。”心灵不耐烦地回答。

我不跟他计较态度问题，说道：“你是想占领更多的地盘，收集更多的原料，修建更宏伟的大厦吗？”

“也许正如你说的那般。”

我暗自惊叹：“现在你还不满意吗？”

心灵顾左右而言他，道：“这弹丸之地哪能担负起迎接贵宾的重任？”

“迎接谁呢？”

“无可奉告。”

我偏要追根问底：“难道是个伟人？”

“或许吧。”

这般宽敞的地方，这般宏伟的建筑，难道还不够迎接他的到来？我只好继续不眠不休地劳作，任谁看到了都要夸赞一声：“这真是个勤劳的人啊。”

①我经常暗自猜测，心灵这调皮的猴子也许也不知道来人是谁，他把这么多艰难的任务压在我头上，就是不想回答我的问题。我一次次停下，倾听路上的足音，我没心情扩建广厦，只想在里面点亮华灯；我不想继续收集原料，只想在花还盛开的时候，编织一个芬芳的花环。

❶比喻

把心灵比作猴子，生动形象地说明心灵跳跃不定，不定下来思考我们行动的意义。

但是，我无法控制自己，心灵掌控着我的一切，他每日用钢尺和天平精准计算各类物品的长度、重量和价格。他的理念是“越多越好”。

“为何要建如此大的场所？”有一天我问。

“因为他非常宏大。”

“他到底是谁？”

谈话总在此时中断，余下的唯有沉默。

当我不依不饶地问他道：“不行！你必须给我一个明确的回答。”[①]他大发雷霆地说：“大胆！这是谁的规矩！你总干些毫无意义、不明就里、寓意深刻的事来阻碍我的工程。关心一下我的近况吧，各色诉讼案件，各种斗殴；长矛、木棒、持枪的士兵布满街巷；工人、瓦匠、水泥、砖头、木材之间已无立锥之地。一切明明白白，毫无疑问，不需要暗示，你因何就是看不见，啰啰唆唆？”

❶拟人

这一段语言描写，让心灵继续发声，直截了当地揭示了诗人目前的问题。

我默默自责：我生性愚笨，但心灵是英明智慧的。于是，我又开始搬运砖石，搅拌泥灰了。

2

一段时间后，我的领域已经越过了边界。

大厦建造了五层，就在给第六层铺地板时，刹那间雨云消散，[②]乌云变得洁白，从盖拉莎山峰吹来与晨曲融合的闲逸之风，以玛纳斯湖莲花的幽香侵染日夜的时光，让它同蜜蜂一般悠闲自在。我仰头凝视，无尽的夜空俯看着六层高楼那伟岸的脚手架，发出清悦的欢笑。

❷环境描写

寓情于景，通过写周围“闲逸之风”和“乌云变洁白”，表明我对美好事物的敏感和向往，突出自己喜悦和悠然自得的心情。

我激动不已，寻人问道：“请告诉我吧，这是哪阵风在奏乐？”

他们爱搭不理地道：“我还有事，别纠缠我。”

只有一位头上戴着玉兰花枝条的疯子，坐在路边凸出的树根上，自言自语道：“传来的这是迎宾曲啊。”

读书笔记

我不知道自己明白了些什么，赶忙问道："很快就可以见面了？"

他露出怪异的微笑："是的，就快了。"

我立刻返回账房，劝诫心灵说："马上停工！"

"荒谬！别人会耻笑你是个傻瓜。"

"无所谓。"

心灵警觉起来："你是否听到了什么闲言碎语？"

"没错，是传来了一些消息。"

"哪些消息？"

糟糕！我根本讲不明白，但是真的有消息说，一群仙鹤正从玛纳斯湖滨，顺着阳光铺就的道路飞来。

心灵摇头道："色彩隆重的飞车和威严的仪仗队在哪里？我既没听到也没见到啊。"

此时，点金石不知被谁掷向天宇，艳阳霎时点亮了周围的景物，隐约能够听到喧哗声："使者已经到了。"

我趴伏于地，一边参拜一边问道："他真的大驾光临了？"

四周欢声雷动："没错，他已到来！"

读书笔记

心灵大惊失色："哎呀，第六层的地板还在浇铸，原料尚未备齐。"

嘹亮的指令自空中传来："把你的六层大楼推倒！"

"为什么？"心灵疑惑不已。

"今天使者驾临，你的大楼阻挡了道路。"

心灵目瞪口呆。

我突然又听到一句："赶快把你的原料清理掉！"

“为什么？”心灵不甘心。

“你的原料占用了地皮。”

我只好听命行事。[①] 我在繁忙的日子里修建六层大楼，却在悠闲的时候，一点点拆掉；我在忙碌的日子里去市场购买原料，却在悠闲的时候，将它们清理掉。

但是，哪里有色彩隆重的飞车？哪里有威严的仪仗队呢？

心灵四下环顾。

他发现了什么？

秋日清晨的启明星。

仅此而已？

啊，还有一束素馨花。

如此而已？

又看到了一只振翅起舞的喜鹊。

再无其他？

一个嬉闹的孩子，从母亲的怀抱扑向外面温暖的阳光。

[②]“这些就是你说的来者？”

“没错，晴空为此每日奏响情笛，清晨阳光明媚。”

“这些需要辽阔的地域？”

“没错，你的陛下需要七座金殿的皇宫，你的主子需要满室珍宝。而他们则需要全部世界，以及整片明朗的天空。”

“你说的崇高伟大呢？”

“也在其中。”

❶对偶

这两个句子对仗非常整齐，使得诗歌在气势上更加磅礴，表达了从盲目劳苦、自累中超脱与解放的轻松闲适感。

❷语言描写

一问一答的形式，很好地揭示出深刻的人生哲理——生命本身就是上天给我们的最大的恩赐。

读书笔记

“那个小孩给了你什么好处？”

“他给我带来了神的恩泽，带来了世间的愉悦、期盼与安逸。他的秘密箭囊里有从不虚发的神箭，他心中安放着无可匹敌的投枪。”

心灵问我道：“啊，诗人，你小有见识，略有明悟？”

我答道：“我赋闲就是为此，从前时间太少，难以洞察幽微，豁然开朗。”

生命——心灵

1

我窗子前面有一条红土路。

①道路上拉货的牛车隆隆而行，绍塔尔族少女头上顶着成捆的稻草去集市，黄昏归来，身后飘荡着一串串清脆的笑声。

①环境描写

从听觉和视觉两个层面，为我们描绘出了一幅非常具有生活气息的画面，充满希望和热闹的气氛。

如今我的思想不在人行道上奔驰。

我人生里，为各色难题愁苦的、为各类目标奋斗的岁月，已淹埋在了过去。现在，身体不好，心也随之淡泊起来。

②海洋表面波浪起伏，安放着世界卧榻的幽暗地底，暗流将所有的一切搅乱。当波涛平静下来，能见和不能见的、底部与表面的都达到非常协调的状态时，海洋是安静的。

②环境描写

诗人这一段描写，不仅写出了海洋的波涛暗流，还反映出诗人内心的烦闷。

同样，在我奋斗之心安息时，在我灵魂深处到达的地方，是世界最初的乐园。

在前行的时间里，我无暇顾及道旁的榕树，如今我重新回到窗子前，开始了与他的交流。

他看着我的面庞，内心似乎十分焦急，仿佛在说："你了解我吗？"

"我了解，了解你的所有。"我安慰他道，"你无须焦急。"

片刻的宁静过后，当我再一次观察他时，他看起来越发焦急，翠绿的树叶沙沙颤抖，熠熠发光。

我企图让他平静下来，道："是啊，是这样的，我其实是你的旅伴。无数岁月以来，在尘埃的游戏室里，我们一起呼吸着阳光，分享着大地甘甜的汁液。"

我听到他突然刮起了风。他说道："你说的没错。"

在我心血流淌中激荡的言语，在光与影中沉默地转动的音乐，变成叶片沙沙的声音，传递到我身边。这话语是世界的官方语言。

它主要的意思是：我在这里，我在这里，我们在一起。

这是最大的快乐，那快乐中世界的原子、分子不停颤抖。

现在，我和榕树说着同样的语言，表述着心头的愉悦。

他问我道："你真的回来了吗？"

"是的，朋友，我真的回来了。"我立刻答道。

① 于是，我们一起有节奏地鼓起掌来，并且欢呼道："我在这里，我在这里。"

读书笔记

读书笔记

❶拟人

将榕树拟人化，赋予了人的动作，"鼓起掌来"和"欢呼"这两个词语突出了诗人内心的兴奋和喜悦。

2

春天，在我和榕树敞开心扉畅谈的季节，他的叶子是嫩黄的，从天而降的阳光穿透他叶子间的无数缝隙，悄悄与大地的暗影拥抱。

六月，雨水霏霏，① 他的叶片变得犹如浓云一样沉郁。现在，他的叶子好似长者缜密的思想那般丰满，阳光再也无法找到穿越的甬道。过去，他犹如贫穷的少女。如今，他则成了阔气的少妇，志得意满。

❶比喻　将叶片比喻成了浓云和长者的思想，生动形象地写出了叶片很茂盛。

今天上午的时候，榕树脖子上挂着那二十圈绿宝石项链，对我道："你为何要头上顶着砖石坐在那里？不如像我一样，走进充实的空间吧。"

我道："自古以来，人就有内外两部分。"

"我不明白。"榕树摇晃着身体。

我继续解释道："我们有内在与外在两个世界。"

榕树惊呼道："神啊，你们的内在世界在哪里？"

"就在我们的模型里。"

"在那里干什么？"

"创造。"

"在模型里创造，这话真玄妙。"

"就好似河流被河岸夹持，"我耐心地说，"创造也受模型的限制，一种元素倒入不同的模型，可能化作金刚石，也可能变成榕树。"

② 榕树将话题引回到我身上："那么你的模型是哪种形状，可以描述一下吗？"

❷语言描写　通过榕树和诗人的对话，揭示出创造的模型就是自己的心灵，突出心灵的重要性。

“模型就是我的心灵，落入其中的，会变成丰富的创造。”

“在你我的日月之侧，可以稍微展现一下你那丰富的创造吗？”榕树兴致勃勃。

读书笔记

“日月并非量度创造的标准。”我非常肯定地说，“因为那是外物。”

“那么，可以用什么来量度它呢？”

“可以用快乐，甚至是痛苦。”

榕树道：“东风在我耳边说着悄悄话，引起了我内心的共鸣。但你这番言语，我着实理解不了。”

“怎么才能让你明白呢……”我思考了一会儿，“假如你的东风被我们捉住，带进了我们的世界，拴在镣锁上，它便从一种创造变成了另外一种创造。这创造能否在天空，或者在某个伟大心灵的记忆天空中占据一个席位，我不知道，好像有某个情感的无法预测的天空。”

读书笔记

“那么它有多长寿命呢？”

“它的寿命并非以事件的时间计算，而是以情感的时间计算，所以是数字无法计量的。”

“你是拥有两个世界、两种时间法则的生灵，你太奇怪了，你的内在言语，我无法理解。”

“不理解就不理解吧。”我也没有办法。

“我外在的言语你可以理解吗？”

“你外在的言语转化为我内在的言语，如果说懂得的话，那它可以被唤做歌，或者称之为想象。”

3

①榕树伸展开所有的枝干对我道："等一下，你的思想飞得太快了，你的言语太不着边际了。"

❶拟人　将榕树拟人化，借榕树之口表现诗人思想丰富。

我觉得他的话有道理，便说："我找你原本是为了寻求宁静，但因为积习难改，哪怕闭上嘴，话也会从唇角溢出来，就像有些人睡着了也会走路一样。"

我扔掉手里的纸笔，凝视着他，他翠绿油亮的叶片，好似名角那纤长的手指，飞快弹奏着光的琴弦。

我的心灵突然说："你看到的和我想象的，二者之间的联系何在？"

"闭嘴！"我大喝一声，"你不许再问来问去！"

我一眼不眨地看着他。时光匆匆流逝。

"如何，你明悟了吗？"榕树问。

"明悟了。"

4

一天就那样过去了。

②第二日，我的心灵问道："你昨日望着榕树说你明悟了，你明悟了些什么？"

❷拟人　通过心灵和"我"的对话，说明诗人获得了一些新的感悟。

"我身体里的灵魂，在乱糟糟的愁绪中变得污浊了。"我说，"想看到纯洁的灵魂，就必须面对榕树，面对绿草。"

"那你看到了什么？"

"我看到最初的生命包裹着纯粹的喜悦。他十分细心地去除他的花朵、枝叶、果实中的杂质，给予绚丽的色彩、甘露和芬芳。所以我看着榕树沉默地道：[①]‘啊，树皇，世界上出现的首个生命所发出的呼喊，至今仍在你的枝叶间回荡。上古之时那淳朴的微笑，还在你的叶子上闪耀。在我的身体里，被忧愁的监牢困住的最初的生命，此时非常活跃，你呼唤它：来吧，到阳光里来，到清风里来，跟我一起拿起形象的彩笔，色彩的水盆，盛满甜蜜的金杯。’”

我的心灵静默了一会儿，略含忧伤地道：“你说起生命，滔滔不绝，可为何不能一丝不乱地阐述我收集的材料呢？”

“还需要我来阐述吗？它们早用喧闹和吼叫震撼天宇了。它们的负担、繁杂和垃圾，已经压痛了大地的胸膛。我想了又想，不知哪里才是它们的终点。它们层层叠叠，一圈又一圈不知打了多少死结，答案就在榕树的叶片上。”

“哦，答案是什么呢？”

“榕树说，在生命诞生以前，那些材料就是一堆废物、一种负担。因为生命的碰触，材料完美融合，呈现出极致的美。[②]你看，那美正在林间漫步，正在榕树的树荫下吹笛。”

❶语言描写

诗人直抒胸臆地表达出了自己对榕树的赞美和敬仰，反映出诗人对造物主的崇拜。

读书笔记

❷拟人

通过“林间漫步”和“吹笛”这两个动作，生动地揭示出美无处不在的道理。

5

遥远的一天的清晨。

生命离开卧榻，奔赴未知，进入无知无觉世界的德邦塔尔平原。那时候，他毫无倦意和哀愁，他王子般贵气的衣装还未沾染尘埃，也没有腐坏的霉斑。

雨水潇潇的上午，我在榕树间发现了旺盛的、不知疲倦的、坦率的生命。① 他挥动着枝条对我道：“向你表示敬意！”

❶拟人 在诗人笔下的生命都是生机勃勃的，“挥动枝条”凸显了生命的活力。

我道：“王子啊，说一说与沙漠这个邪恶的魔鬼作战的情况吧。”

“战斗十分顺利，你可以视察战场。”

我四下观望，北方青草茂盛，东方稻田翠绿，南方的堤坝两边栽种着一排排棕榈树，西方椰子树、枣树、红松、穆胡亚树、黑浆果树、杧果树茂盛交杂，葱郁茂盛，遮住了地平线。

“王子啊，你的功劳太大了。”我赞美道，“你还是个娇弱的少年，可恶魔却老谋深算，心思歹毒。② 你年少力薄，你箭囊中的箭矢那样短小，可恶魔却身躯庞大，他有坚实的盾牌，粗壮的棍棒。但是，我看到各处都飞扬着你的旗帜，你把脚踩在恶魔的脊背上，岩石对你俯首称臣，风沙在降表上签字画押。”

❷对比 在这个句子中，我们可以清晰地看到“少年”和“恶魔”之间力量强弱的对比，虽然恶魔身躯庞大，但是“少年”却不畏惧，突出“少年”的勇敢。

他面露惊诧地道：“你在哪里看到的那般动人的情景？”

我道：“我看到你的营盘十分安详，你的忙碌穿着休闲的衣服，你的胜利带着文质彬彬的气度。因此修士坐在你的绿荫下苦学轻松制胜的咒语和轻松获取权力分配的合约的方法。你在林间开办了教导生命如何施展能力的学校。因此疲惫之人在你的树荫下歇息，颓废之人来向你求教。”

听到我的赞美，榕树内的生命愉悦地道：“我与沙漠这魔鬼战斗，我的弟弟与我失去了联系，也不知他如今在何处，正在进行怎样的斗争。你刚刚似乎说起了他。”

“没错，我将他称为心灵。”

“比起我来，他更为活跃，并且对任何事都不满意。你能对我说说他的近况吗？”

“当然，可以说一说。”我道，“你是为了生存而战斗，他则是为了获取而战斗，远方正在进行一场为了舍弃而展开的斗争。你与枯萎战斗，他与匮乏战斗，远方正在进行一场为了积蓄而展开的斗争。战斗越来越激烈，闯入战阵的找不到出路，胜负难以预料。①在这迷茫犹豫的时候，你的旗帜高声喊道：‘生命必将获胜’，这带给战士很大的勇气。歌声愈加高昂，在音乐的困境中，你质朴的琴弦鼓舞道：‘不要恐惧，不要担心！我已经写好了曲子的基调——本源之生命的曲调。所有发疯的曲调，以美的复唱方式，融入愉悦的歌声里，一切的给予和收获，似花朵绽放，如果实成熟。’”

❶拟人

让读者看到了信念的力量非常强大。

精华赏析

本诗集抒发的是诗人的所思所感，没有记叙复杂的人和事，大部分是关于诗人和心灵的对话。在诗人笔下万物都是有生命的，都有自己的情感，诗人通过与万物、与自己的对话，真诚而坦率地表露自己内心的迷茫、困惑，并记录了自己一步步走向成熟，参透生命真理的过程。

延伸思考

1. 本诗集中，运用最多的修辞手法是哪一个？请结合句子做简要分析。

2. 诗句里有大段大段的语言和对话，请简述语言描写有什么作用。

3. 诗歌《一瞬目光》中结尾部分写道“唯有那些微不足道的东西才是我永恒的珍宝”，对这句话你是怎么理解的？

相关评价

《随想集》是诗人的散文诗，是“他想说的东西”。泰戈尔一生创作了大量诗歌，他的诗作大致可以分为三大类：故事诗、抒情诗和政治诗。作者在这些作品中，抒发了自己对爱情的向往、对自然的热爱、对祖国的赞美、对生命意义的探寻……在风格上，泰戈尔善于发挥想象力，将深邃的思想和抽象的哲理用生动而丰富的艺术形象加以表达，带给人们美好的艺术感受。

再次集

名师导读

《再次集》是泰戈尔作品中比较重要的散文诗歌合集，其中不仅有对社会现状的反映，还有对生活中细小事物的观察和思考。在阅读的过程中，能够体会到诗人自己内心最真切的想法。那我们就一起走进这本诗集，感受诗人的思考。

昆虫的天地

卡弥尼树的枝条上，挂着被晨露淋湿的柔韧的蛛丝。花园小路的两旁，散落着微小的棕色蚁穴。我在上午和下午穿行其间，①突然看到素馨花枝上的花苞绽放了，纯洁的白色花朵缀满了达迦尔树。

①环境描写 描绘出了一幅花开满树的美好画面。这是作者可以去充分认识、感知的世界，结尾的呼应，更突出作者其实真正要表达的是还有一个世界自己永远无法进入。

从地球上空看去，人类的家园很小，但其实不然。昆虫的洞穴也是一样的道理，它们不容易被看清，却是所有创造的中心。生生世世，它们有很多的顾虑，很多的艰难，很多的需要，这组成了悠久的历史。一天又一天，展现出无法抑制的生命力的躁动。

我在它们之间徘徊，听不见它们的生死、饥渴……

永恒的情感之河的奔流。我低声吟诗诵词，斟词酌句，以完成谱了一半的乐曲。对于蜘蛛的领域，蚂蚁的世界，我如此斟词酌句是不需要的、奇怪的。它们阴暗的世界里，是否回响着摩擦的细声，喘息的乐曲，无法辨识的窃窃私语，无法表述的深沉的足音？

读书笔记

我只是一个凡人，我相信自己能够游历世界，甚至可以消除通向彗星和日月的道路上的阻碍。但是，蜘蛛的世界是永远对我封闭的，那充盈我哀愁、欢喜和仇恨的世界的终点，蚂蚁的心灵帘幕也一直低垂着。我在上午和下午，往返于它们那"窄小而无尽"之外的道路上，看到素馨花枝上的花苞绽放了，纯洁的白色花朵缀满了达迦尔树。

黄　鹂

我怀疑这只黄鹂出事了，不然它为什么要远离族群？我在花园的木棉树下第一次发现它时，它的脚似乎有点儿瘸。

此后，我每天清晨都能看到它孤独地在树篱间捉虫子，它有时会闯进我的门廊，在那里摇摆着踱步，毫不畏惧我。

①它为何会落到如此境地？难道鸟类的规则逼迫它到处飘荡？或是鸟族的不公平待遇让它心生怨恨？

❶疑问　这个段落中诗人用了三个问句，这三个问句不仅增强了诗歌的气势，还能够引发读者思考。

近处，有几只黄鹂在草地上一边跳跃一边悄声低语，它们在希里斯树的枝干间飞来飞去，却对这只黄鹂视若无睹。

我猜测，也许是它生活中的某个地方出现了毛病。

披着晨曦，它孤独地觅食，神情却悠然自得。它一整个上午都在被风吹落的树叶上跳跃，好似对谁都没有产生怨恨的情绪，行为中也没有隐世的孤高，眼中也没有怒火。

黄昏，我没再看到它的身影。[1] 当孤独的落日或孤星穿透树隙，惊扰睡眠地俯览大地，蟋蟀躲在暗黑的草丛中喋喋不休，竹叶在风里悄声低语，它或许已经在树上的巢穴中休息了。

❶环境描写、拟人

这一段的环境描写非常有画面感，同时用拟人的修辞手法，赋予落日、蟋蟀和竹叶以人的动作，展现了一幅美妙的万籁俱静的画面。

美　艳

一缕阳光穿透漫天云霞的空隙，斜斜照向原野，好似在白金戒指上镶入的钻石。风依旧在猛烈地吹着。木瓜树大惊失色。北方的田野上，苦楝树露出一副抵抗到底的气势。棕榈树梢喋喋不休地正在抱怨。

大约在一点半的时候，在潮湿树木熠熠闪光的正午，跳入北墙南墙敞开的窗子，在我心尖描绘了一层绚烂朦胧的色彩。

刹那间，不知为何，我感到这一日酷似曾经经历的那一日。那天没有任何使命，没有紧急之事要做。那是斩断了现代的锁链，自在飘忽的一天。

我发现它是过往的海市蜃楼，那往昔是何种情形，在哪个地方，属于什么时间？难道超脱了永恒？

那时，我与爱人好似在前世就已结识。那时有天国，是真实存在的时代，是其他时期难以感受的。

相同地，[2] 痛饮了黄金般的日光与翡翠般的绿荫酿制的闲暇的美酒，痛饮了原野上挥动云雾薄纱的迷醉雨

❷比喻

将日光比作黄金，将绿荫比作翡翠，写明了作者尽情领受大自然的恩赐，沉醉其中。

天的香甜，我也感到如梦似幻——如自恒久时代的帐幕后隐隐地传来的，天之琴弦上流转的远古孟加拉的萨伦曲调。

阿斯温月初一

阿斯温月初一，阵阵微风里带着一丝让人颤抖的寒意。拂晓残月的光辉渗入白夹竹桃的光泽。犹如顶礼膜拜的朝霞那红色衣袍散发的清香，白素馨的味道在露珠滚动的绿草上飘荡。啊，今日是阿斯温月初一。

①清澈的晨光在东方天际吹起了号角，腹腔的共鸣激荡着热血。自古以来，无数国家的英雄豪杰策马奔驰在通往死亡的路上，艰辛地追求永恒的生命。他们那胜利的号角消散的余音飘荡在晨露打湿的阳光中，他们对属下喊出了抛家弃子的命令，这命令又响彻阿斯温月初一。

> ❶拟人
> 将晨光拟人化，“吹起号角”这个词语突出了诗人内心激昂的斗志。

钱财的负累，名声的负累，忧患的负累，他们将之统统扔进尘埃，平静地奔向扑朔迷离的险境。阴谋家用漆黑的手向他们的额前投掷毁谤的石块。他们好似流星从天而降，拔除滚烫的艰辛的征途上隐秘的奸诈的细小荆棘。他们没有安心休息的时机，但他们不愿回转。他们神圣的旗帜，在阿斯温月初一秋日清晨的云朵间飘扬。

②我的心啊，醒来吧！不要害怕！不要贪心！不要浮躁！向着洁白的芦花躬身致意的朝阳唱着歌前进吧！从鲜血横流的躯体里剪去萎靡的指甲，拔除虚幻的根系，将贪婪碾成粉末！穿越死亡的大门，哪怕失败的烦恼和负担压低了你的头。今天，阿斯温月初一，在清澈的秋

> ❷抒情
> 诗人用真切的语言来抒发自己内心的感受，通过呼喊的方式来鼓励自己前进，增强了诗歌的情感。

日阳光下，历史上降服自己与世界的英雄的呼喊，于无声的缄默中响彻天地。

人类的儿子

基督为了感化那些闻讯而来旁观的人，在十字架上奉献了自己永恒的生命。从那时算起，世世代代过去了。

今天，他自天国而来，在世间极目远眺，发现从前那些将人刺得遍体鳞伤的狠毒凶器——奸猾的匕首和短剑，凶残的矛戟，阴毒冷酷的巨钺，在悬挂着一面被黑烟熏染的旗子的工厂里，被飞快地打磨，激射出耀眼的火光。

读书笔记

而那些新制造出来的死亡箭矢，在杀人者的手中寒光闪耀，教徒们用锐利的指甲在上面刻下名姓。

基督捂住自己的胸口，突然发现自己死刑的执行期并没有完结，科学的殿宇里制造的最新款矛戟不停刺入他的身体。那日站在宗教庙堂暗影中害死他的凶手，一个个地复活了，如今他们站在庙堂的神坛前，诵经一般地对士兵下令：“格杀勿论！格杀勿论！”

基督悲哀地仰头叹息：“上帝啊，世人的上帝，你为何抛弃了我？”

相　逢

雨，下了整夜。

① 一片片乌云好似无精打采的逃兵，瑟缩在天空的一角。

❶比喻

将乌云比喻成无精打采的逃兵，形象生动地写出了雨后乌云零零散散的状态。

花园的南边，阳光照射柚子树抖动的新叶，惊扰了树下的暗影。

此时正值斯拉万月，勃发的朝阳好似不速之客，窸窸窣窣的笑声枝头飘荡。

于是，沉浸在日光里的情思，在缥缈的心空游荡。

时间犹如冻结一般。

①黄昏，雷声骤然响起，似乎在发出某种信号。转瞬间，云彩奔出歇息之所，呼号着，扩张着，飞速赶来。被堤坝囚困的池水变得漆黑，深沉的暗影落在榕树下。远方的树叶奏响了大雨将至的序曲。

❶环境描写、拟人

这一段的环境描写非常精彩，诗人从听觉雷声响起再到视觉云彩赶来，渲染了此时紧张的氛围。

瞬息间大雨倾盆，天空惨白，大地成了一片汪洋。古木抖动着茂密的枝条，犹如玩闹的孩童。棕榈叶那翠绿、巨大的枝条，失去了往日的平静。

没过多久，风停雨歇。天空好像被清洗了一般。②一弯羸弱的月亮似是刚离了病榻，脸上带着疲惫的笑容，在夜空漫步。

❷拟人

把月亮比作羸弱的病人，“疲惫的笑容”能够看出刚才狂风暴雨的激烈。

心灵对我说，我看到的所有微小的东西都不肯自我消亡。许多生动的瞬间踏上我七十岁的渡口，转瞬驶向了“无形”，唯有几段怠惰的时刻被我挽留，留在了平凡的诗词中；它们向后人诉说着一件不寻常的事——我曾经欣赏过那些美丽奇妙的景象。

最后的赠予

孩子们的游乐场没有一根草，都是干燥的尘土。

一棵康基那树矗立在游乐场边，它在周围寻不到与自己一样的颜色。看到它就忍不住想起我家门廊里的那条黑毛狗。

在厨房四周，成群的野狗走来走去，满心期待着施舍的食物。它们挨搡，抢夺，惨号，却享受着天然的快乐。

①我家的黑毛狗戴维时常激动地跳起，身体剧烈颤抖，双眼饥渴地看向南面，心怀怅惘的激情，汪汪叫着，分明是想要加入它们中间。

相同地，康基那树并非孤独地矗立在自己的世界，而是生长在贫瘠的，被人们碾成尘埃的土地上。它望着远方，那里的草叶上绘制着森林的影像。

春季到来了。没人知道春风的感情是怎样融入它的骨血的。

②近处，高耸入云的檀树向南方海滨的初来者讲述绿叶丰盈的讯息。

在升腾的绿色的吵闹中，临终时刻不露面的使者叩响了康基那树的心门，在它耳边悄悄讲述哪天最后一缕阳光会到来，将在绿叶的最后一次儿童游戏中跳舞。

它没有丝毫迟疑，微笑的神情在几束淡紫色花瓣上展露出来。绽开的嫩叶全部凋零，它手中已再无他物。

整个春季，它拿出了自己所有的赠物，而后向灰蒙蒙的尘埃冷酷道别。

轻柔的音符

在内心深处，我为她取了个名字——轻柔的音符“咪”。

一旦这名字传到她耳中，她肯定会好奇地坐下，笑着问：“这名字有什么含义？”

含义说不清楚，但是是纯洁的。

世事繁杂，有善有恶……置身其中，她基本与这些

❶神态、动作描写

诗人从黑毛狗一系列的神情和动作，写出了它非常想和其他小狗一起玩。

❷拟人

诗人用拟人的修辞手法，通过“讲述”这个动作生动形象地传递出春天到来的信息。

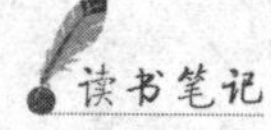

都是熟悉的。

我坐在旁边观望，她不知道自己身边萦绕着一种乐曲。

在摆放她灵魂之主的御座的地方，在灵魂之主的脚下，①悲伤的香炉里缓缓升腾的青烟的黑影，好似掩盖月亮的阴云，浮上她的双眼，轻柔地遮住笑意。

❶比喻、拟人……将青烟的黑影比作阴云，为香炉赋予了人的情感，“悲伤”一词反映出诗人此刻的伤心。

她的声音透露出隐约的哀怨，她没发现这是她生命的琴弦弹奏出来的。但是，她的步伐，她的坐姿，她的所有举动，却搭配着晨曲的音调。

我琢磨不明白她为何会这样，因此叫她轻柔的音符“咪”。

我也不理解，为何抬眸看她时，心弦就会演奏泪的变奏曲。

分 离

今天阴雨绵绵，但并非写出举世无双的《云使》的日子。

②这一天被囚禁在停滞中。云不动，风不吹，细滴犹如绡纱垂直坠落，遮住白日的容颜。

❷拟人……将白日拟人化，用“云不动”“风不吹”来反映出诗人感觉这一天时间流逝之慢。

时间好似静止了，周围只剩无垠的宇宙，呆滞的清闲。

就在诗人迦梨陀娑写作《云使》的那一天，雷电照亮了青山，漆黑的云朵越过一道道地平线，狂乱的东风推搡苍翠的森林。药叉的妻子惊叫：“天啊，狂风把大山卷走了！”

云使已经飞走，离别的愁绪没有压垮贞妇的心，分别的自由胜过了悲哀。

① 飞流直下的瀑布，波涛奔涌的江河，呼号不止的林涛，那天吵醒了世界。离别之人雄浑的心曲升腾。

在可以自由团聚的时节，偏偏无法聚首，人间怪异的隐形壁垒围困孤寂的洞房。

分别的时间，不受拘束的忧愁飞越江河，飞过山冈，飞渡丛林。屋角的饮泣沉寂在道路的熙攘之中。最终到达盖拉莎山，露出疲惫的真相。

在那雄伟的宝库中，储藏着等待时痴心不改的情意。

缺憾达成完美之时，离别哀怨的道路上立起一座座愉悦的里程碑。团圆纹丝不动地等待着。

鲜花常开，明月常在。

药叉孤悬谪地，离情满怀。他驯服的佳人踏着蒺藜快乐地走来。

啊，或许说错了。

② 团圆并非纹丝不动。它在吹奏笛子，吹着期盼之笛，笛声在黑漆漆的道路上向前飘荡。贞女的步伐与情人的呼唤，以相同的节奏逐渐靠近。

这便是从古至今，江河为什么会以行路的节奏奔流，大海一边呼喊一边翻涌。

❶环境描写

从听觉和视觉两个侧面，写出了周围环境的嘈杂，为下文的离别做出了铺垫。

❷拟人

化抽象为具体，突出了想要团聚，就要经历一定的困难和挫折。

回 忆

西部，某座城市偏僻的远郊，白天的酷热看管着一座屋脊倾斜的不受宠的老楼。楼内蜷缩着常年不散的阴影，禁锢着陈腐的味道。地面上铺的黄色地毯周边织着猎手射虎的图样。

❶比喻

把“飘荡的尘埃”比作“轻薄的丝巾”，生动形象地写出了尘埃灵动飘逸的特点。

[1] 老楼北面一棵小树下是苍白的土路，上面飘荡的尘埃犹如炙热阳光轻薄的丝巾。

楼前的沙地上种植着葫芦、小麦和西瓜。远方，波光闪耀的恒河与不时驶过的小舟，形成了一幅用炭笔描绘的图画。

女仆巴吉亚戴着银手镯，哼唱着简单的曲子在门廊下碾麦子。仆人基尔达里已经坐在她身边很久了，心中怀着无法言说的动机。

一口深井坐落在老楝树下，花匠驱使黄牛转动辘轳，将水打上来，吱嘎吱嘎的声响悲凉了正午的气氛，但甘甜的井水让玉米地恢复了生机勃勃。

热风中飘浮着杧果花那清淡如丝的温馨气息，蜜蜂在巨大的楝树的叶片间集会。

❷外貌、神态描写

这一段外貌描写非常有特点，憔悴惨白的脸庞和下文中兴致勃勃读诗形成了一定的反差，能够突出女孩对诗歌的热爱。

下午，邻家的女孩自城里归来，[2] 她消瘦的脸庞被晒得惨白、憔悴，却仍然兴致勃勃地朗诵着外国诗人的大作。

因而，大洋彼端诗人内心的忧伤，融进了与破烂蓝竹帘的暗影交杂的昏暗的光线，溶入了湿润的马鞭草的芬芳。

我还没有忘记，犹如蝴蝶在英国万紫千红的花园里翩翩飞舞，我盛放的青春也曾在异国他乡的话语里收集辞藻。

悲哀的世界

沮丧的时候，我恳请我的笔：不要让我感到内疚；不要让感动不了人心的作品进入人们的眼帘；暗夜中不要蒙住脸；不要紧锁大门。点燃五颜六色的灯盏，啊，你不要吝啬！

世界辽阔无边，它的荣耀永不褪色，它的心性异常温和。昂首于无形无色的日光下，它的目光平静又坚毅，它的胸膛上横亘着山川、江流、原野。它不是我的，是所有人的。它的鼓声响彻天地，它的热焰照亮了黑暗，它的旗帜在天际飞扬。不要让我在世界面前感到羞惭，我的牺牲，我的烦恼，对它而言不过是尘埃中的尘埃。

读书笔记

当我以自制力遗忘身体的痛苦，痛苦就会以世界的模样出现。于是我看到，哀伤的洪潮经过繁密的支流在时间的胸膛上奔涌；壮阔的心河在家家户户生活的河道中奔流；泪水的布拉马普特拉河浪涛汹涌，在各个国家的家庭的河道中筹划沧桑变迁。亘古不变的人们的喜怒哀乐瞬间落入我的胸中，犹如洪水让我的肋骨不停颤抖，而后在大地的哀叹中弥散于“无穷”，其动机无人知晓。

读书笔记

今天，我恳请我的笔：不要让我感到内疚。让你的功劳如河水般溢出堤岸；让我的忧愁因你的恩赐而被掩盖；让我悲痛的饮泣融入世间无穷的乐曲中。

一个人

一位年已迟暮的北印度人，身材瘦削高挑，唇髭一片银白，没有胡须的脸犹如蔫了的水果。上身穿着方格背心，下面戴着围裤。脚上踏着土布鞋，右手拿着根拐棍儿，左手撑起一把布伞，进城去了。

❶环境描写、拟人

在这段环境描写中，诗人把晨晖、夜和风都拟人化了，让诗歌更具有艺术气息。

八月间，[①]晨晖耀目地轻抚着云朵。围着黑纱的夜已然气喘如牛地跑走了。潮湿的风心不在焉地推搡着阿穆拉吉树的枝叶。

一个旅人，出现在我飘荡着幻象的世界的尽头。我只知他孤身一人，没有感情，没有姓名，没有意识，也没有想要的东西，只不过是一个在八月上午落寞走向集市的人。

他也看到了我，在他那世界的沙漠尽头，那飘荡的紫岚中，人们之间没有丝毫关系，我，只不过是一个人。

他的家中有鹦鹉，有牛犊。他妻子的手腕上戴着粗鄙的铜手镯，推磨碾米。他有依靠洗衣为生的邻居，与杂物店的店主相识，拖欠着喀布尔人的钱。

我不在他们之中，我，只不过是一个人。

写　信

❷列举

用来写信的工具非常多样，说明写信这件事情是非常重要的。

[②]你给予我一根自来水金笔及其他一些文具——镀银的小刀和剪刀，各类印花的信纸、红色绸带、虫漆，用玻璃纸包装的蓝色、红色、绿色的铅笔，以及一张用核桃木制作的书桌。

你吩咐我每日写一封信。

上午，我沐浴后坐下写信。

一时间，我竟不知要写些什么。

目前我只知道一个消息——你离开了。

你也同样知晓这个消息，但你好像还没有深刻领悟这则消息的意思。所以，我想第一个告知你——你已然离开了。

我多次提笔，一次又一次领悟到，这则消息并不单纯。

我并非诗人，我没有掌握用词语描述自己心声和想法的能力。

信纸被我撕了一张又一张。

十点了，你的侄儿帕古就要去学校了，我得看顾他吃早饭。

①我最后一次提笔写“你离开了”，其余的话，全都写在涂改得乱七八糟的笔画里了。

❶心理描写

这个细节描写非常动人，诗人本来是有非常多想表达的话语，最后只留下了简单一句“你离开了”，说明诗人内心非常落寞。

找错地方

穆胡亚树与查梅利树攀附在同一个藤架上，相依相偎地度过了十年。每天阳光摆开筵宴，新生的叶子便愉悦地宣告：我们开动了。

它们交错生长的枝叶无可避免地产生利益的矛盾，但愉悦的心灵上没有留下一丝厌恶的痕迹。

不知是哪个未知的时间，没有烦恼又单纯的查梅利，伸长娇嫩翠绿的新枝，一圈圈绕上了电线，它显然不知道两者的物种截然不同。

八月中，②片片云朵莅临娑罗树枝梢。艳阳普照的上午，查梅利绽开了无数花朵，喜气洋洋。

❷环境描写

这个环境描写能够凸显出周围环境的美好，反映出诗人开心愉悦的心情。

这里没有纷争，蜜蜂不停往复，摇荡着素馨花，斑鸠的叫声让正午的时光显得格外令人困倦。

果实丰满的秋季，当太阳西坠、彩霞变幻之时，走来几位巡线工，他们发现查梅利越界了，立刻眼露凶光。不过是供人玩赏之物，竟将手伸向了粗粝干枯的现代必需品!

他们拿出锐利的钳子夹断了长满花朵的嫩枝。遭遇了死亡的重创，单纯的查梅利这才明白，电线是属于另一个种姓的。

弃 家

❶比喻
将流落异乡的人比作脱碇的航船，生动地表现出在异国他乡漂泊不定的状态。

[1] 好似在暴风中脱碇的航船流落异乡，他从德国而来，如今生活在一群陌生人之间。

他的钱包里没有钱，却没有一丝埋怨；每天辛苦教课，赚取一些微薄的报酬，依照当地风俗，过着十分简单的生活。

他从不谨小慎微，也不狂妄自大。

他挺胸昂首，没有一丝一毫落魄的沮丧之情。

他凭借毅力战胜每一个白天，而后弃之不顾，不再回首。他从不为己谋取利益。

他用平常人的身份参与体育活动，与人交流，放声大笑，无论到哪里都没有遇到不适应的障碍。

他是这里仅有的德国人，却没有感到孤独，心情愉悦地度过侨居的日子。

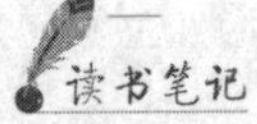

每次我看到他，都会心生敬佩之情。在师生之间，他总是特别温和，特别和蔼可亲，从不矫揉造作。

又一个人自他的国家而来。

他四处游历，描绘他喜欢的景色，不管别人是否欣赏，是否称赞。

他俩一同行走在石子铺就的道路上，好似两朵洒脱的秋云。他们是旅人，不是扎根于此的树木。他们的志向和兴趣遍布各国、各个年代，他们的辛劳遍及世界各地。

[1] 他们的内心如滚滚江河，滋养万物，不在某处多作片刻停留。集合其他远离家乡的学者，他们正在建造一条通往不同肤色的人民的道路。

❶比喻

将内心比作滚滚江河，彰显出“他们”博大的胸怀。

过节的准备

祭神节即将到来。

金色花映着朝阳，湿润的清风阵阵吹拂。茉莉的清香好似素手轻柔的抚摸。仰望闲逸的云朵，思想就难以集中。

教室里，老师在讲解褐煤的形成。

一名学生晃荡着双腿，脑中涌现出一幅画——荷塘残破的码头周围，斑吉家墙边的番荔枝已然硕果累累。河边弯弯曲曲的小路穿过牧牛人的村子和亚麻地，通往集市。

经济系课堂里，一名获奖的近视学生正在练习册上记下要买的东西，有出自德里的红绒拖鞋，一对嵌金贝壳的手镯，一本还没确定书名的精装诗集和一本当代的长篇小说。除此以外，还要赊购一条“心心相印”牌的纱丽。

在伐巴尼普尔的一座三层楼房里，尖嗓子粗嗓门在热情地商讨：去马杜拉或者阿布巴哈尔？去普利还是达尔赫斯？要不就再去一趟大吉岭……

我发现车站前装饰一新的街道上系着五六只预购的山羊，它们徒然的悲号在芦花飞扬的安静的秋日回荡。

读书笔记

它们是否知道献祭的日子即将到来?

死

我在内心描绘了死亡之像。

我幻想，虚弱至极的垂危时刻已然到来。属于我的一切都将留给故国和时代。

读书笔记

其余的所有东西，所有生灵，所有抱负，所有努力，所有期盼与失落的矛盾，已然散布各地，散布在家家户户的人们的心里。

时空之海无垠的心胸，从近到远，一道道星辰运转的线路上，陌生的无穷的能量回旋着喷发，这些都在我认知的最后一道颤抖的边界之内。我的脚一只踏在边界这端，一只跨过了边界，彼方，未知的来生在等待，扒拉着日夜漫长的光影的珠串。

“无垠”中包括数不清的实体，向着过去和未来延展，那稠密的群体中，刹那间失去了我，这难道就是真实?

狂放不羁的“不存在”终究会得到位置。哪怕是原子也存在缝隙。死去若是空无，那缝隙里岂不要湮灭凡世之舟?若果然如此，便是对浩瀚的整体的野蛮的抵抗。

闲　暇

给我时间，让我描述一个地方。

那里，① 小路上飘荡着希里斯花的芬芳，蜜蜂尽情飞舞。辽阔的天空飘荡着云彩。星辰升起以前，小溪在低声吟唱。

那里，暂停了所有询问。雨夜，寂寥的住所里，过

❶环境描写

诗人从视觉和嗅觉两个层面，为我们展现了一幅恬静且美妙的风景图，反映诗人内心的轻松自在。

往的记忆无法再呢喃着打扰酣睡。

那里，心灵犹如村子道路旁牧牛的原野里一棵沉静的榕树，有人来到树下休息片刻；在让人疲惫的正午，有人安放好新娘的轿子，坐在地上，吹奏情笛。二十六日夜间，下弦月娇柔的清辉与树影在虫鸣中融为一体。

那里，往返之河终日奔流不息。没有流连的念头，没有被弃于“久远”的怨恨。晨曦中，星辰放了盏梦灯，而后远去，没有留下可以追溯的痕迹。

读书笔记

歌的殿堂

①在这喜结连理的美好时刻，你们这两只小鸟的歌喉为何沉默？

❶疑问

在诗歌开头的部分，诗人用一个疑问句来引起读者的思考，也设置了悬念，引出了下文的描写。

犹如爆竹厚重胸膛内洋洋洒洒的火花，你们炽热的相思之苦，已然洒落在整夜乐声萦绕的树林中了。

作为凡俗之人，我们为爱建造殿宇，用音乐作为不朽的基石；找到不灭的福音，铸成牢固的高墙。

那人类特有的情歌，被安放于无数情人的心房，散播出去，传遍万邦，流存千秋。

它自泥土而来，又超过了泥土，仰首于意象的天国。

你们愉悦的日子拥有质朴的韵律，拥有振翅舞动的节拍，温暖、震动的胸口，你们爱的小窝建造在飞鸟的世界，那里到处是由生命乳汁哺育的甘甜的翠绿，蜜蜂不知疲倦地嗡鸣，光滑微颤的嫩叶，激动不已的鲜花。变换的季节的魔笔粉饰最新的色彩。回忆，遗忘，犹如一对蝴蝶，在安静的地方扇动翅膀与光影游戏。

读书笔记

我们用自己苦痛的颜色、汁液，建造逃避尘埃的虚无的宫殿，为了爱，又把那遥远的地方围堵起来。

这便是我们的歌。

库帕伊河

我在心中遥望帕德玛河流进迷茫的地极——

帕德玛河此岸的沙地不存奢求，安贫乐道，所以无所畏惧。

彼岸生有翠绿的竹林、古老的榕树、高壮的榴梿树、杧果树，还有一堵不怎么和谐地混杂其中的残垣断壁。池塘边是金黄的油菜田，道路旁有一簇簇荆棘。靛蓝主在一百五十年前修建的屋舍已然岌岌可危，[①] 院子中生长的一棵阔叶树整日窸窣地悲叹。

❶拟人 诗人笔下的阔叶树是“整日悲叹”的，其实树木本无情感，诗人用拟人的修辞，将自己的情感融入周围事物中，借景抒情。

拉贾种姓人的村庄里，土地已经干裂，他们的山羊仓皇无措。集市不远处有一座粮店。畏惧河水泛滥的村庄总给人一种战战兢兢的感觉。

在印度神话里，帕德玛河闻名遐迩，来自天界的恒河也要流淌在她的血管里。她性情奇特。她宽恕她绕经的村子和城市，但不予认同。她典雅、纯粹的律动中融汇着冷傲的雪山的记忆和孤独的浪涛的呼唤。

我在某天，离开吵闹的市井，停驻在她宁静的沙洲码头上。夜晚，我在甲板上躺好，享受着大熊星座闪亮目光的抚爱。清晨醒来，启明星还在尽忠职守。[②] 冷漠的河水日夜不停地流经我繁杂的思绪，好似旅人途经别人的苦乐之地，向着远方走去。

❷比喻 用比喻的修辞手法，形象生动地写出了“我”感受到疏离。

此后，在草木零落的原野的尽头，我到达了青春的终点。

从我的住处，能够清晰地看到绿荫掩映的绍塔尔族人的村落。在这里，我的邻居是库帕伊河。她的非雅利安语姓名，与绍塔尔族女子爽朗的笑声息息相关。

她环抱着村子，岸这边与岸那边可以亲密交谈。

紧贴她身体的田地里，亚麻花绽放了，稻秧醒来，泛出了绿色。

土路中断在沙滩上，在透明如水晶的流水上，她给旅人让路。

①河岸边的原野上，高大的棕榈树矗立着，黑浆果树、杧果树、阿曼拉吉树手牵手，肩并肩。

库帕伊河说着农家土语，并不算雅言。水土心甘情愿接受她律动的束缚，波光与葱郁互不厌憎。

她袅袅婷婷，一边拍手一边跳着优雅的舞步，摇摆着走入光影。

雨季为她的身体注入了活力，她好似醉酒的绍塔尔族少女，却从不损毁、吞噬任何东西。②她舞动着漩涡的衣裙，拂过两岸，娇笑着奔跑。

秋末，她的河水变得细弱，清澈，河底的石头一目了然。虽然丰盈化为了瘦弱，但她却并不胆怯。她不因富有而傲慢，也不因贫穷而沮丧，因为两者都能展现她的美，犹如跳舞的女子，累了便安静地歇息，眼神透露着疲倦，淡淡笑意却还洋溢在唇角。

现在，她当作知音的诗人的韵律，已融入了她语言诞生的地方，其中既有语言的家务，也有语言写的词曲。

绍塔尔族少年伴着她不断变换的节奏，持弓狩猎；牛车驮着满满的稻草涉水过河；陶工带着陶罐赶往市集，

❶拟人

诗人笔下的棕榈树是“矗立着的”，突出棕榈树的高大，其他果树也是“手牵手，肩并肩”的，写出了树木数量之多。

❷拟人

这一串的动作描写——“舞动”再到“拂过”以及“娇笑着奔跑”的动作和神情，写出了雨季时河水的奔涌之态。

身后尾随着一条村里的小狗。

走在末尾的，是撑着一把破伞、每月薪资仅有三元的教书先生。

剧 本

我写了个剧本。

先简单介绍一下内容：雷神因陀罗的贵宾阿周那步入天堂乐园，歌舞伎优哩婆湿上前敬献花环。阿周那手足无措地说：①“女神，你是天国的名伎，享有完美的荣誉。你的风姿无可非议。你芳香的花环应当献给神仙。”

❶语言描写 直抒胸臆，表达了阿周那对女神的无限赞美和崇拜之情。

“天国没有匮乏，”优哩婆湿感慨万千地说，“神仙无欲，素不索求。我枉有闭花羞月之色。唉，既然不存邪恶，需为谁追求真美？在神仙的颈项上，我鲜丽的花环分文不值。我向往凡世，恰如凡世盼望我。所以我来到你面前。倾吐对你的爱慕，接受我吧。凡夫俗子流下琼浆般的泪水，这在天界是一种渺茫的期望。”

我以为我写了个很好的剧本。

怎么，②要我从信里删除“很好”两个字？为什么？这是自夸？不，这是从我的笔端流出的真实。

❷设问 这一组设问更彰显了“我”的自信、真诚，使得诗歌的形式更加多样化。

你惊异于我的不谦逊，问道：“你敢肯定很好吗？”

“我并非绝对地肯定。”我说，“一个时代的佳作在另一个时代也许算不上是佳作。我只是不假思索地称它是这个时代的好作品。我若犹疑，保持沉默，沉默难道是隽永的真实？”

几十年来我创作了数量可观的作品，窃以为是上乘之作。假若我成了我的死对头，抨击它们，我可就“兴高采烈”啦。

这个剧本某一天将落到那样的境地，所以恳求你允许我今天坦诚地说，这是个好剧本。

这可能会引起一些误解，情况有如大雨骤降，四处淌着一股股浊水。

然而，① 我的笔仍将在纸上蹒跚前行，像喝了过量的酒，醉醺醺地狂舞。

❶拟人　形象生动地描绘出了艺术创作的过程。

我将写完这封信，如同航船驶入浓雾，机器并不会停止运转。

再谈谈剧本的语言。

文友们竭力主张，剧本的对白应该是韵文，而我写的是散文。

诗是大海，是文学太初时期的首创，其特点表现在格律的跌宕的波浪上。

散文姗姗来迟。

它的盛宴在刻板的格律之外。它的厅堂里，美丑、是非互相拥挤；破烂的披毡和绫罗绸缎缠裹在一起；乐音、杂音相混。

散文的号令朝天空升腾，驾着歌声，驾着咆哮，驾着轻柔的旋律，驾着惊天动地的风暴。

② 散文时而喷射火焰，时而倾泻瀑布，散文世界里有辽阔的平原，也有巍峨的山峰，有幽深的森林，也有苍凉的荒漠。

❷排比、象征　写出散文的包容性，以及散文独特的魅力。

谁欲驾驭散文，谁必须学会多种技法，具有高屋建瓴的气概，避免笔势的凝滞。

散文没有外表的汹涌澎湃，它以轻重有致的手法，激发内在的旋律。我用这样的散文写的剧本里，既有亘古的沉静，也有今时的喧腾。

读书笔记

新时代

今日早晨，就在牧场挤出了第一罐奶，市集商人做成了首单买卖的时候，我迎着清透的晨曦，带着竹篮，一路叫卖还未完全成熟的略黄的果实。

我悠然地在路上徘徊了几个小时。

很多人指着我的果实说长道短。不少人拿了又放回去，不少人尝了却不付钱。

一天匆匆地过去。

时间流逝不留痕迹。

但是，[1]我们因何要储藏回忆的负累？因何把当天的事情拖到下一天？货款收回，欠债还钱，为什么不能安心地面对未来？

1 反问

用了三个反问句来鼓励人们不要用以前的痛苦来折磨现在的自己，更应该着力于眼前，做好现在应该做的。

我不否认，只卖前一日的剩货，买卖不会兴旺，但只卖一点儿又有什么关系呢！

一日日过去，世间的房租需要用现金结算，最后一日毫无意义地耀武扬威，毫无意义地锁门，是多么愚蠢！

因此，当第一声钟声响起，我就出门结清欠款。回首望时，看到你站在“当代”的花园里。

此后，你的同伴喊叫着不需要我这个人的时候，你心底必将涌出阵阵酸楚。

这是我的顾虑。

这是我的希冀。

你并非来裁决是非的，你用你的心联结你我的岁月。

我注视着你的眼眸，你的眼帘上盈满忧愁的希望。

因此，我重新回返了，坚守爱的承诺。傍晚日落，我看着你的容颜，做全新的探索。我用你心意的饰品装点我的立意。我念着你，将它遗留在你路旁的旅店，只盼你今后能说，它可以融化你的心，满足你的所求。

读书笔记

我没有闲暇追逐名利。你曾毫无顾忌地信赖着我，而我的心愿，则是将你的信任留予后人作为旅费。

但愿你能骄傲地宣布：我已是你们中的一分子。我怀揣着此种期望，步入当代——蓦然回首，看不到你的踪迹。

你去的那里，我的往昔戴着面纱已经去过了，往昔之歌有了不变的含义。

现在，我独自一人在“新颖”之群中磕磕绊绊地前行，在这个地方，唯有今朝，没有往昔。

沙丘地

西方的树林、果园、田地延伸向远方，融入森林的紫雾中。

[1] 绍塔尔族的村子被棕榈树、果浆树、罗望子树丛所淹没，缺少树荫遮掩的红土路曲折绕过村子，好似墨绿色衣裙的暗红贴边。一棵棕榈树突兀地矗立着，好似在为迷茫的异乡客指明方向。

❶比喻

将村落中的植被和道路，比作墨绿色衣裙的暗红贴边，生动形象地写出了当地村落的景色。

北方不断延伸的翠绿树林被劈出一个口子，水土流失，凹凸不平的红色岩石显现静默的骚动；交杂其中的好似锈斑的黑土，犹如恶魔变化的水牛角。

造化用雨水在自家院子的一角冲刷，展现出人们玩乐的氛围。

在秋季夕阳简略的欢送会上，簇拥着斑驳的颜色。此时，我在土地青灰的游戏上看到了壮美，它让我记起曾经一个少见的傍晚，在红海边人迹罕至的光溜溜的赤红峰峦上相似的景色。

[①] 年初的风暴袭击了那条土路，犹如古时英勇的战士，高举着红色的旗帜，压下参天巨树的脑袋，让红木颤抖、麻栗树挑起宁静竹林的声声哀叹，冲入香蕉园，进行残暴的统治。

❶比喻、拟人……用比喻和拟人的修辞手法将风暴比作英勇的战士，生动形象地写出了风暴很激烈。

看着哭泣的天宇下扬起的暗沉沙砾，我脑中不由显现出红海上突现的飓风，纷纷洒洒扬落的水滴。

我幼年时曾去过那里。

从岩洞哗哗流出的清泉曾引发我的奇想。安静的正午，我独自一人用拾来的鹅卵石搭建成不同的建筑。

时间流逝，曾经的几十载的岁月犹如石上流过的溪水，从我身上溜走了。住在天空下裸露的沙丘地的一角，我摆出了工作的样子，就像儿时用鹅卵石搭建城堡那样。

在我创作雨曲的那个雨天，与我一同将眼光看向那孤独的棕榈树，那红松，那成为好友的红壤和绿野的人，对我敞开胸怀的人，有的尚在，有的已然故去了。

读书笔记

结束了白天的事情的夜晚，他们在天宫对我发出呼唤。

然后呢？北方大地裂开的胸膛依然映照着红霞，南方的田地依然生长着农作物，牛羊依然在东方的原野中饱食，村人们依然沿着红土路向市集走去，西方的边际依然是一道蓝线。

信

我给你寄了一本写满诗的书。

洋洋洒洒的诗句拥挤在笼子里。你能获得所有的诗句，但无法得到它们之间的缝隙。

降临在广阔的闲暇空间的诗，现在被丢弃在身后，被卖出高价，而懂得审美情趣之人，则明白它因何贬值。

贬值的苍茫的天宇，计算不出确切的重量，但充盈着情感。

给你的想象以自由的空间：奏响温婉的歌曲，无声的光阴的胸膛里，有一枚蓝色的宝石——为何非要将它摆在饰品盒里观赏？

毗迦罗玛迪德耶的殿宇里，诗人每日吟诵诗歌。那时印刷厂这个恶魔还没出现，没有抹黑诗的时代，没有水力磨盘碾出诗的汁液，一句句在口腔里积淀。诗的味道需要在茶余饭后一边倾听一边品味。

哎，①倾听的诗句最终被带上了视觉的镣铐；诗被驱逐到了图书馆里；脍炙人口的不朽的珍异在市场上蒙羞。

没有办法！这个时代文学团体众多。诗歌只能乘坐公交车去和读者见面。

诗魂不由感叹：“唉，假如我诞生在迦梨陀娑的时代，假如你是毗迦罗玛迪德耶……”

就算我生于那个时代又能怎样！或许也是个臣服于印刷的迦梨陀娑，你们是他作品中的女主角玛尔碧佳，拿着买来的诗集坐在转椅上诵读。不会闭起双眼听朗读，

读书笔记

①拟人、排比……

拟人的手法，不仅写出了诗如今不被重视的现状，运用排比句，也使得诗歌的气势更加磅礴。

即便听了也不会为诗人戴上茉莉花的花环。

只需花上一元两角钱买本诗集就可以了。

池 畔

从二楼窗口望过去，看得到池塘的一角。

①在帕德拉月的时候，池塘的水涨满了，池水泛出草绿色丝绸般的色泽，长长的树荫在水中摇摆。

❶比喻 把池水的光泽比喻成丝绸的色泽，生动形象地写出了夏季池水碧绿清澈的特点。

池畔栽种着几垄芋头和水芹。几棵槟榔树在微斜的堤岸上相对而立；岸边生长着夹竹桃，芬芳的素馨花，白色的百合花，被冷落的夜来香，好似穷人般可怜。一排松散的花树形成了一堵天然围墙。

对岸生长着成片的番石榴、香蕉树、椰子树；远方，树木掩映的房顶平台上，正晒着一件纱丽。一名用湿毛布缠头、上身赤裸的壮汉坐在台阶上钓鱼，消磨光阴。

不觉间已到了下午。

②雨水洗涤的天空中，斜阳看起来没精打采的，一副冷淡疲惫的模样。轻风吹起水波。文旦树的叶子闪耀着光芒。

❷拟人 诗人非常擅长描写景物的特征，“没精打采”“冷淡疲惫”烘托出慵懒闲适的午后时光。

我安静地看着，突然发觉眼前是已经过去的一天的幻影。穿透今时的围栏的空隙，许久之前的某个人的容颜突然出现在我脑海中——她温柔的抚摸，甘甜的话语，迷人率真的目光。她穿着一件淡雅的纱丽，宽宽的红色贴边也遮不住她的双足。

她在花园内铺设了一张苇席，用纱丽轻轻抹去尘土。她在榴莲树、杧果树下打水时，喜鹊就在树枝上鸣叫，八哥则翘起尾巴在枣树上跳来跳去。

我与她分别时，她还说不出几句流利的话。

她站在门后，从门缝中凝望我离去的身影，泪水逐渐模糊了她的双眸。

做错事的孩子

你说你不愿意看到我宠溺迪努。

我喜爱他，所以只觉得他调皮，不觉得他惹事。我喜爱他，也气他，我绝没说谎话。

大部分的人都是这样的，不是非常圆滑的话，就容易暴露缺陷。

迪努顽皮得讨人嫌，但他本质还是好的。他的错误一大堆，但不会给人造成太大的麻烦。偶尔看他有些碍眼，心里却并不会反感。

① 他的情感犹如一条小船，顺风疾行，不论是夸奖他还是斥责他，都不会影响他太长时间，就像岸这边的物品转瞬运到了岸那边，对他没有造成压力，他也不会对别人施压。

❶比喻 把他的情感比作成了一条小船，生动形象地写出了这个孩子虽顽皮但没有心计的特点。

他性喜热闹，说话啰唆，很容易说错话，如果没有说错话，他语言的细密的织锦就会开裂。错误不是在他心中，而是在他的言辞里，只要明白了他的语法，就可以轻易理解这一点。

你说他爱找麻烦，的确是这样。

但是，他是用夸张、歪曲了的事实提出疑问的。被他质疑的人并非坏人，喜爱听他没事找事的人很多。他们是接受指责的星云，他是专门谴责的一颗星，他的光芒来自星云。

总的来说，他十分聪明，但不善于细致地思考，所以他可爱的错误总会引人发笑。

读书笔记

而遇到明辨是非、追求细节的人，这样的哄笑必定会立刻停止。与他们同处，会有很大的精神压力，很难忍受太久。直到他们偶然间露出缺点，才能让人松口气，精神上也会放松下来。

现在再来说一说考虑不周的问题。

上梵文课前，小淘气玛坎将锅灰抹在了教室的门框上。老师一进门，背后的衬衣就被蹭黑了。玛坎坏笑，其他的同学跟着哄笑，只有老师没笑。

恼怒的校长将玛坎赶离学校，他的态度非常严肃，是非感极强。看他那副样子，学生们都不敢笑了。

迪努做错事从不过脑子，做好事也很随意，好事坏事他都没有放在心上。

他管别人借的东西不及时归还，别人管他借的东西，他也不会催要，实际上，他经常吃亏。

读书笔记

牢记我的话：对他可以想骂就骂，但心里要微笑，不然就会铸成大错。

我不理会那些是是非非，我近距离观察他，他是一个人。你远距离审视他，却将他置于解剖台上。

相较而言，我比你责备他更多，也更多地谅解他。我惩罚他，却不会驱逐他。我就把他这样留在身边，你不要埋怨。

空　隙

“不要太疲劳，量力而行即可！”年老时，我对自己的心这样讲。

我开始遗忘一些事情，给时间多留一些空隙。

孩提时期，我职责的壁垒留有很多孔洞。我让想象任意驰骋，巡游帕拉兹村庄，在京城摩羯陀登极，发号施令。

现在，我的心回到了那时不记事的慵懒状态。

① 我的好友担心我健忘，把需要做的事情记录在纸上，置于我的案头。可我连看这张纸的事情也忘记了，甚至没有坐在书案前。生活是放松的。

纸上没写天气越来越热，但我已经感受到了气候的改变。温度表呼哧带喘地暗示我去找找扇子，火车时刻表去了哪里，查看一下开往大吉岭的时间，我却毫无兴趣。

正午，烈阳灼灼，炙烤着田野。热风阵阵，卷起尘沙。

我视若无睹。

仆人班纳马里觉得这时候关上门比较符合世家贵族的规矩，但我却责备了他。

下午四时，斜阳穿透窗棂映在我脚边。门房进来询问我有没有要寄出的信。我摊摊手表示没有，那一刻，我有些怅然，我应当写回信的。

但是将信递给信差之时我的怅然也跟着消散了。

② 花园小径旁的玉兰花和达迦尔花还有未尽的资本，它们好似聚集在码头的女子，推推搡搡，欢声笑语，

❶叙述

这一处的两个细节描写，不仅仅突出了好友对“我”的细心照顾，也再次反映了我不记事。

❷比喻

把花园旁边的花朵比作聚集在码头的女子，形象生动地说明了花朵的数量之多。

注释

大吉岭：印度避暑胜地。印度西孟加拉邦北部城市。

气氛愉悦。

杜鹃止不住地鸣叫，我多想劝诫它，不要这般顽固地逼我记起森林里的空寂，希望它多遗忘，在生活中融入一些空隙，不要有损记忆的声誉，让它无法忍受。

我还在回忆那些往事和那些哀伤的日子。经过这些时日的空隙，①清新的风混合晚香玉那冷寂的芬芳，阵阵袭来；榴梿树的暗影奏响远古的情笛，吹出听不见的哀婉。经过这些时日的空隙，我看到逃学的孩子怀中抱着小鸭在闲游，下午独自一人坐于池畔的台阶上；我看见刚出嫁的女子在写信，不断地写写撕撕。我的脸上浮现一丝笑容，而后又是一声叹息。

❶环境描写、通感

这一段的环境描写，主要从视觉、听觉和嗅觉三个层面来写，榴梿树和风是诗人所见，奏响的笛声是所听，“冷寂的芬芳”是诗人所感，层次丰富。

新 居

我养的牛犊和梅花鹿整日在马俞拉基河畔相依相伴，情谊深厚，它们之间的关系跟花前月下的穆胡亚树与红松一般。穆胡亚树和红松的叶片一同飘落在地面上，也飘落在我的窗台上。

上午，棕榈树高挺的暗影被阳光悄然投射在我房间的墙面上。

河边被人踩出了一条红土路，路上落满了野花。空气被文旦花染上了香味。火焰树、查鲁尔树、曼陀树的花朵争相开放，争奇斗艳。萨兹纳花好像在风中摇摆的小篮子。马俞拉基河边的竹篱上爬满了藤蔓。

红色台阶延伸进了河水。码头边生长着高大的金色花树。我架起竹桥，在桥头的玻璃盆里栽种了茉莉花、白夹竹桃和晚香玉。②桥下深水处的石头可以看得很清

❷环境描写

这一段的环境描写突出了诗人此时此刻内心悠然自得的心态，诗人把自己的情感融入景物中，借景抒情，情景交融。

楚，雪白的鹅在河水中游动。毛色驳杂的小牛和棕黄色的奶牛在马俞拉基河边悠闲地吃草。

我的屋里铺设着茶色的缀花篮地毯，橘黄色的墙面上画着黑边。我每天就坐在走廊的东侧，恭候晨曦第一缕阳光。

①我的邻居声音清透，如舞女银镯的夺目闪光。她家的房顶爬满了牵牛花。我从没让她歌唱，但却时常能听到她动人的歌声。

她的丈夫是个热情、憨厚的人，喜欢看我的作品。如果与他玩笑，他会在适当的时机恰到好处地露出笑容。他说话十分平常、通俗，可在一天晚上，十一点左右，他在马俞拉基河边的红木林里说出了一句别有深意的话，让人忍不住眨眨眼，奉承他也是一位诗人。

屋后是两亩稻田和几陇菜地，一座树篱围绕着波罗蜜和杧果的果园。

清晨，我的邻居一边唱着小曲，一边从牛奶中搅制黄油。她的丈夫骑上红鬃矮种马，去视察农活。

绍塔尔族人的笛声隐约自河对岸茂盛的树林里传来。

冬季，耍蛇人在马俞拉基河畔搭建起了简陋的帐篷。

说实话，不管是现在还是未来，马俞拉基河畔都无法建成我的新居。我从没看到过马俞拉基河，甚至没有亲耳听到过它的名字。它的名字是我在眼皮上涂抹了幻想的烟雾，开启想象的目光看到的。

但是，我觉得我无法在这里待下去了。我平淡的心灵渴望远离这里的一切，去到马俞拉基河畔。

❶通感

说邻居的声音如银镯子发出来的“夺目闪光”，是视觉和听觉的通感。

读书笔记

溺死的男孩

村子中有一名十几岁的小男孩，他好似残垣断壁下压着的一根野草，缺少园丁的看顾，既感受着空气、阳光和雨露的抚慰，也忍耐着灰尘和虫蚁的侵害。黄牛可以踩上一脚，山羊也能啃上一口，可他不但没死，反而长得更为茁壮。

他上树摘酸枣，结果摔下来断了骨头。

他吞吃了有毒的果子，头昏眼花。

祭神节的时候，他跑去看彩车，结果彩车没看到，自己却到了一个莫名其妙的地方。他疲累交加，饿倒在地，昏过去又醒转过来。他迷路了，衣服被撕得破破烂烂的，尘土满脸，最后终于回来了。

他遭人打骂，可别人才松手，他转身就跑远了。

长满浮萍的水岸边，一只丹顶鹤单腿独立地站着，黑色的乌鸦立在棘条上飘飘忽忽，白鸢展翅高飞。渔民将竹竿插进河里，撒网捞鱼；鱼鹰警觉地蹲在竹竿上，鸭子在潜水寻找食物。

下午，荡漾的水波格外迷人。绿藻随水飘荡，鱼群嬉戏玩耍。水的深处住着龙女吗？传说她用金梳子梳理自己的长发，水波映照出她婀娜的身姿。

他想要潜水，[1]那碧绿透明的水，犹如龙女娇柔的身躯！他想要探究一番，无论里面究竟有什么。

他跳入水中，水草缠上了他的四肢。他企图呼救，却呛了口水，最终坠入水底。

人们听到水边放牛娃发出了惊叫，渔民撑船急急

读书笔记

❶比喻 把水比作想象中的“龙女”娇柔的身躯，生动形象地写出了水清澈透明见底的特点。

忙忙前来营救，可等把他捞起来的时候，他已经挺直不动了。

那之后有好多年，一想到他我就会感到心神恍惚，眼前直冒金星，周围漆黑一片。心中却能清晰地看到那个年幼丧母的小男孩。

奇怪的是，他的话至今没有消散！

我听到他在鼓动同伴："去水里看看，腰里系上绳子，一下水就立刻把你拉起来。"① 他非常想体会一下跳水的感觉，他的同伴不敢，他就轻蔑地骂人家是胆小鬼！他如小动物般偷偷闯入账房先生的果园。没错，他挨了几下揍，但远不及他偷吃的黑浆果的数量。

❶叙述

诗人在描写人物形象时，插入了两个具体的事例，使得人物形象更加丰富，也突出了他非常调皮不懂事的特点。

人家骂他："没有廉耻的野猴子！"

有什么可羞惭的！

账房先生那瘸了腿的儿子用拐杖抽打黑浆果，捡了满满一篮子，随便吃。他不但打折了树枝，还打碎了果子，他为何不羞惭！

有一日，帕克拉斯家的二儿子拿了一个万花筒，对他说："你看看里面都有什么。"

他看到斑斓的色彩，晃一下，就又变了一个图案。

"大哥，咱们交换吧。"他说道，"我送你一个磨好的贝壳，用来给生杧果削皮，非常好用，另外再给你一个用杧果核制作的哨子。"

读书笔记

万花筒没换到。

他只好采用了偷的方法。

他并非贪婪，也不想将之永远占有，他只是想再看看那里面五彩斑斓的世界。

枯登哥哥揪着他的耳朵问道："你为什么偷东西？"

"他为啥不把东西给我？"倒霉蛋反问，理直气壮的语气分明是要将他偷万花筒的责任推给帕克拉斯家的二儿子。

他心中不惧怕，也不怨恨。

❶叙述

这个句子让男孩的形象更加具体，加入了他捉虫子喂青蛙的情节，写出了他调皮爱玩的天性。

①他逮到只青蛙，把它扔进了果园埋木桩的大坑里，每天捉虫子喂养它。

他把甲虫装进纸盒中，用牛粪末儿喂养它，其他人想扔掉却又不敢下手。

他上学的时候，口袋内装着一只小松鼠。

有一日，他往老师的抽屉内塞了一条水蛇，一心想要看看老师见了水蛇的样子。

老师拉开抽屉，顿时吓得心胆俱裂，狼狈而逃。

真是精彩的逃窜！

他养了只纯孟加拉种的狗，不是什么名门出身，但举止和形态与主人十分相似，时常饥肠辘辘，除了偷盗没有别的办法。第一次偷就被打折了一条腿。

也许是因果循环，就在当天，打手家的黄瓜架被打倒了。

这只狗晚上一定要躺在主人的床上才能睡觉，主人也要抱着它才可以安眠。

❷叙述

男孩虽然很悲伤，但在人前和人后却是截然不同的表现，也写出了这个男孩是非常有自尊心的。

一日，它张嘴去吃邻居家摆上桌的饭菜，灵魂就此入了黄泉。

②他胸中难掩悲痛，可在人前却没有掉一滴泪水。他悄悄哭了几天，从此茶饭不思，也没兴致再去偷吃账房先生家果园内的酸果了。

他在邻居家七岁小外甥的头上扣了一只破锅。那小孩头顶破锅，哭声犹如榨油厂的汽笛。

他总被有钱人家轰出门，只有养奶牛的希杜会让他进屋喝奶。她的儿子在七年前死了，同他的年纪仅差了三天，也和他一般生了黝黑的皮肤和塌鼻头。

他也同希杜捣乱，藏茶壶，剪牛绳，还把她的衣服弄脏。他想看这么做的后果。旁人看不下去，想代她管教一番，她反而回护他。他的调皮激起了她的母爱。

阿姆比格先生失望地对我说："这就是块废材。小学课本上您的诗句他都不喜欢，还调皮地将那几页全撕了，撒谎说是被耗子咬的。真是个难以教导的野猴子！"

"这是我的责任。"我说，[1]"假如有一位来自他内心世界的诗人，这位诗人谱写的诗歌必定融入了虫鸣声，那样他读起来就不会乏味了。我从没写过真实的青蛙的故事和他那只土狗的悲剧！"

读书笔记

❶语言描写

诗人自我剖析，觉得没有进入小男孩的世界，没有认真观照他的内心，反映他的需求；表现了诗人的悲悯情怀和博爱精神。

旅　伴

世界上有不少不够美丽的人，比起不够美丽，我的旅伴更为过分。这实在是件罕见的事儿。

他有着与年龄不符的秃顶，稀疏的头发也已花白。两只眼睛小而没有睫毛。他皱起眼眉左右张望，好似在田地里捡稻穗。他的鼻子又宽又高，霸占了脸部的四分之三。额头宽广。他左鬓那里的头发都秃了，右眼上方的眉毛也不见了。唇髭胡须都被剃干净，露出一张粗疏的脸。

餐桌上不知是谁不小心掉了扣针，他拾起来别上了自己的西服。女游客看到，掉转脸庞发出一阵笑声。他将掉在地上用来捆包裹的绳子收集起来，接成一根，绕成团。其他人扔掉的报纸也被他叠好，放在桌上。

他吃饭的时候十分小心。① 他带着一瓶开胃用的药粉，每次坐下吃饭前，要先将药粉就水服用。用餐完后，再吃一粒帮助消化的药丸。

❶动作描写

诗人非常擅长描写人物，通过写他带着药粉这个细节，突出了他的身体状况不是很好。

他不爱说话，有些口吃，只要一开口就让人觉得他很傻。有人在他面前讨论时政，他沉默不语，没人知道他有没有听懂。

我们一起搭乘客轮，在船上度过了七天。

有些乘客没理由地厌恶他，画漫画嘲笑他，将他看成一个笑话，玩笑话越说越尖刻。他们每天都能找到新的词汇描述他的形象，以浮夸的想象给这件作品添油加醋，用此来补救上帝失手造成的某些部位的缺失，并笃信那才是真正的事实。

有人说他是橡胶公司的副总经理，有人猜测他的职业是经纪人，最后人们就此打起赌来。

读书笔记

很多乘客对他避之不及，他已经适应了他们的冷漠。乘客们在吸烟室打牌赌博，他也对他们避之不及。他们暗自骂他是个小气鬼！

他和船上的吉大港的水手结识。水手有自己的语言，好像说的是荷兰语。

清晨，水手拿着橡皮管在冲洗甲板，他也跑上去帮忙，迟钝的动作惹来一阵善意的大笑。

有个年少的水手，他身材瘦弱，皮肤黝黑，眼神明亮，头发打着卷。他请他吃橘子、苹果，还把画报给他看。乘客们对水手降低欧洲人威严的做法十分不满。

客船在新加坡港靠岸。他将水手们叫到一起，给他们发香烟，还给了每人一张十美元的纸币，并且给了年少的水手一根镀金手杖。

他告别船长后，匆匆离开了码头。

此时，他的姓名在客船上传开，吸烟室里玩牌的人们心里不由发出阵阵惊叹。

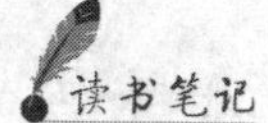

不同的童年

希罗娜阿姨的活动领域就是厨房。

总能看到她拿着两只罐子去池塘打水。修建了台阶的池塘，离厨房很近，不过是两个铜罐的距离。

她那失去了母亲的外甥整日光着膀子，脑袋里装不下任何劝告。这个无所事事的淘气鬼，俨然把自己当作了池塘的主人。高兴的时候就跳到池塘里，一边浮水一边朝天际喷水。他拿根竹竿有模有样地钓鱼；在台阶上拿着瓦片打水漂；爬到树上摘黑浆果，吃的还没扔的多。

有人说那个脑袋秃了三分之二的胖地主才是这个池塘真正的主人。十点前，他会在自己前胸后背抹上油，然后下水洗澡，他把身体猛地往水里一沉，涮两下就上岸，嘴里还叨咕着杜尔迦女神的名讳，穿越竹林回家。他如今在跟人打官司，十分繁忙。池塘虽然记在他的田契上，但还不算他的管理范围。

① 希罗娜那闹腾不休的小外甥，统治着荒地、沼泽、树林、破庙、沉船和罗望子树那根最高的树枝。

❶夸张

插入了具体的事例来证明这个小外甥调皮捣蛋，通过这个例子能够更加真实地反映出他爱玩的天性。

他骑着洗衣人那头在果园里吃草的驴，用竹鞭抽得它飞速狂奔。他扬扬得意地感受赛马的乐趣，不理会法官会如何判决，他没事可做就去骑洗衣人的驴，只要骑上去，那头四条腿的畜生就归他管辖了。

每个做父母的都希望子女好好读书，日后可以飞黄腾达，光耀门楣。

读书笔记

所以，老师派学生头儿把逃课的他从驴背上抓了回来，穿过竹林，拖进教室。

他的领地在河埠、市集、原野。如今，他被四面墙壁包围，心思被粘在书页上。

我也曾做过孩子。

上帝也曾为我创建了田野、河流、天空，可我没有用到它们的机会，让它们失去了存在的意义。在孩子宽广的世界里，没有我可以插足的地方。

我的巢建在旧楼的一隅，不准轻易走到外面。

仆人们一边哼着地方上的小曲儿，一边做着枸酱包，还将艳红的液汁随手抹在墙壁上。

大理石地板被擦拭得明亮光洁，百叶窗帘十分典雅。楼下有修了台阶的池塘，墙边种着一排椰子树。鬓发松散的老榕树将粗壮的根须牢牢扎在池塘东岸的地下。

上午，周围的邻居前来沐浴。下午，阳光闪烁的水面上，游水的鸭子正用嘴打理自己的羽毛。

时光匆匆而过。

① 苍鹰盘旋在天际。年迈的布贩子敲响铜盘一路叫卖。恒河水在引水渠的指引下注入池塘。

在辽阔的世界里，孩子登基为王，而我生来贫穷。

①环境描写　从视觉和听觉两个层面对周围的环境进行了具体的描绘，能够突出一种悠闲的氛围。

我唯有在双眼的凝视中，在心灵的渴求里，榕树的气根环抱的树荫里，池水的波光荡漾中，椰子树晃动的枝干上，远方晒太阳的阳台上做自己的游戏。

悉多得知皮肤细腻如芊芊嫩草一般的罗摩的消息的那日，神猴诃努曼来到无忧森林。我的诃努曼每年雨季都会驾着潮湿淡蓝的云朵驾临，搅得天翻地覆。从它黑漆漆的嘴里，传出我去不到的远方的消息。

①高楼广厦包围住一片哀怨的云天，呆滞地低头看我，胸膛轰隆隆地震动。乌云如鬃毛炸起的狮子，掠过榕树的顶端。池水怕得瑟瑟发抖。森林和飓风中，升起孩童生活中被压抑的生命力。东方海岸被释放的博大的神童，飞过来和我成了朋友。

❶拟人、比喻……

为周围的环境赋予了人的情感，能够反映出此时紧张的氛围。

雨水哗哗地下了起来，台阶一寸寸没入水中。

夜里，雨更大了。我在床上躺着，鼻端嗅到了窗外飘来的林木潮湿的气息。院子中的积水已经可以没过膝盖了。屋檐口流出的阵阵粗大水流落到地上，和积水融为一体。

读书笔记

清晨，我从南窗口看出去，发现池塘已经成了一片汪洋，溢出来的池水哗啦啦地流过果园，木苹果树那发丝凌乱的脑袋孤独地立在水面上。

邻居们叫喊着跑出去，拿披肩和毛巾捕鱼。

昨天以前，池塘还与我一样是个被困的囚徒。上午，下午，千姿百态的树荫映入水中，云彩以阴影做笔，短

神童：指云。

暂地在水面上划过。阳光穿透榕树的叶缝，犹如金光被泼洒到池水中。①池塘泪水涟涟地仰望着天空。

❶拟人

“泪水涟涟”形象地描绘出雨后溢水的池塘。

今天，它终于获得了自由，如穿着一身赭色长袍的游僧，云游天地间。

我的几位兄长跳到池塘边的小船上，解开缆绳划着桨，从池塘驶入胡同，又驶到了街上，而后便不知所终了。

我的神思一路紧跟着漂泊的小船。

傍晚到来了。

暮色交汇着云影，又融合了池水中榕树的暗影。

街灯亮起，模糊的灯光照着路面。②家中玻璃罩灯的火焰胆怯地抖动着。沉重的漆黑里，隐约可以看到摇晃的椰子树枝那犹如鬼魅的暗示。胡同两边的屋门紧锁，从几扇窗户内流泻出来的暗弱的光芒，好像睡眼惺忪的迟钝的目光。

❷拟人

火焰的胆怯与后文“鬼魅的暗示”都烘托出夜晚幽暗的氛围。

不知道从何时起，一切陷入了沉眠。

深夜，寂然无声。更夫萨罗卜在游廊里不时发出几声叫喊。

每当雨天到来，都会抖擞我的心情，激荡我的歌曲。

③翠竹在轻轻摇晃，娑罗树叶在絮絮低语，棕榈树枝在啪啪鼓掌，豆蔻树和七叶树的花瓣洋洋洒洒。

❸拟人、环境描写

诗人将自己的情感融入周围的环境中，用拟人的修辞手法，活灵活现地描绘了周围美好的景色。

每家每户那些与我儿时一样的孩子，将特制的胶水抹在风筝线上。

他们的心曲唯有他们自己知道。

普通的姑娘

我是一名深闺女子。

萨拉特先生，您肯定没有见过我的。

我曾阅读过您新出的那本小说《枯萎的花环》。您这本书的女主角埃鲁克茜只活到三十五岁便去世了。她曾与年仅二十五岁的情敌展开激烈的斗争，我能看出来，您十分宽仁，让她最终获胜。

好了，说说我自己吧。

我年龄不大，但风韵华彩已然使某个人动心，知道这个情况，我兴奋得浑身颤抖，忘记了我不过是一名寻常女子，与我相同的孟加拉少女不知多少，她们同样美丽活泼，拥有着青春的魔咒。

读书笔记

我希望您能写一本关于平凡少女的书。她落入到巨大的哀痛中。假如她内心深处积淀了不一般的感情，她应该如何处理？有几个男人能够发现呢？他们的双眼只为美丽的容貌所迷，可他们的内心却不会探究真实。我们以虚幻的价码出售我们自己。

请允许我阐明我说此话的缘由。

假如对我动心的那位男子名叫纳雷斯。他郑重其事地对我说，我是他遇到的第一个如此美丽的姑娘。我既不敢相信也不忍心拒绝他的赞美。

此后，他到英国去留学。

我有时会收到他的信。

我经常胡乱猜测：①罗摩啊罗摩，英国女子成群结队地进出公共场所，她们都卓尔不群、聪明睿智、神采

❶心理描写

写出女子担忧、不自信，害怕心上人被他人吸引的心情。

萨拉特：著名孟加拉语小说家。

奕奕，她们已然看到了从前埋没在印度市民之中的纳雷斯？

果不其然，他上次来信说曾与丽姬一起去海边游泳，当丽姬犹如乌哩婆湿一般浮出海面时，他忍不住朗读了孟加拉诗人对乌哩婆湿的赞美诗。而后，他们两人一起坐在沙滩上，欣赏明朗的阳光和起伏的蔚蓝大海。

❶比喻

表明相处的日子孕育了爱情，愿这份爱情不会被忘记。

丽姬用轻柔的语调对他说：①“你到来的日子与离开的日子，就好像贝的两扇壳，就让一枚圆润的珠泪含于其中吧！”

她隐晦地吐露爱意的手段十分高明！

纳雷斯的信中还写道：哪怕她只是在信口胡说胡诌，也没有关系，因为这话太动人了。镶嵌着玉石的金花也并非真花，却可以给人美的享受！

您理解了吧。他信中说的含蓄，却如看不见的针戳刺我的胸膛，并让我醒觉，我不过是个平凡的女子。

我没有什么资本可以用来回馈高贵门第的爱人，唉，我无法改变现实，终身都将背负债务。

读书笔记

恳求您，萨拉特先生，写一本关于平凡女子的书吧！这位可怜的女子必须与六七位品貌不凡的女性争夺，就好似俱卢战场上阿周那之子阿维马努单人独马与七位悍勇的骑士搏斗。

我感到不幸已经降临在我头上，我已经战败。但请您让您书中的女主角替我取得胜利，让我看后快意舒畅。

让您那传神的笔触传递檀香般浓郁芬芳的讯息吧！

请您为女主角起名叫马拉蒂，那就是我的名字。不用忧心会被读者发觉，因为在孟加拉平原叫这个名字的女子非常多，她们都是值得信赖的心地善良的女子。她们不会德语和法语，只会在委屈时落泪。

您打算用什么方法让她获胜呢？

您有高洁的灵魂和神奇的笔触。或许您想让她走一条自我奉献的道路，如沙恭达罗一般，忍受无法忍受的痛苦。

不要怪罪我吧，萨拉特先生，让她下来，来到我的位置上。我得不到那些在暗夜中向苍天祈求的奢望恩典，但您的女主角可以获得。

写纳雷斯混迹伦敦七年，被无数卖弄风情的女人包围，考试一次次落榜。

而后，您掉转笔锋，写马拉蒂在加尔各答大学的数学考试中名列前茅，得到了硕士学位，但是假如您写到这里就收笔，那么会玷污您小说之王的名誉。

别管我的境遇如何困难，请放开您的想象力。你和神一样是慷慨的，把马拉蒂送去欧洲吧。写那里有一群哲人、学士、诗人、艺术家、英雄和君主围绕着她，就像天文学家寻觅到新的星球那样，看到她不只才华过人，且性格温婉。

不是在民智蒙昧的国家，而是在有善者和圣人的地方，在有德国人、英国人、法国人的地方，展示她无可匹敌的魅力的奥义；为她举办声势浩大的宴会，对她表示由衷的欢迎！

①描写歌颂的甘露自她头顶落下，她举止端庄地走

读书笔记

读书笔记

❶比喻

将“她”走过人群的过程，比喻成小船在海面上滑行，生动形象地写出了她的举止优雅大方。

过人群，如一艘小船在海面上滑行。人们凝视她的眼眸，窃窃私语地说她的眼中融入了印度的阳光与云雨。（说一句题外话，上帝的怜爱的确融入了我的眼中，但是我不得不承认，我还没遇到来自欧洲的伯乐。）

纳雷斯正和那些卓尔不群的女子尴尬地站在宴会的角落。

而后呢？

我的故事就说到这里了。

①我的梦想破碎了，不幸啊，平凡的女子！

唉，平白糟蹋了神的创造力！

❶抒情

故事结束，诗人直抒胸臆，表达对“平凡女子”的惋惜。

名　声

尼斯兄：

我十九岁那年，你二十五岁左右，已出版了两部长篇小说：《康达姑妈》和《潘珠的怪癖》。此外，《时代的车轮》月刊上正连载你的小说《血痕》。

你的成就轰动了全国。

我在学院的文学研讨会上赞扬你比般金·钱德拉·查特吉更伟大，引起了一场打破脑瓜的混战。

我哥哥揶揄我是你盲目的崇拜者。

大学毕业之后，我搞到了县长助理的差使。不久，全国掀起如火如荼的反殖民爱国运动，我毅然辞职。

之后，我交了好运，成为你的挚友。过从甚密的那段日子里，我不曾说过你一句坏话。我甚至假笑着袒护

读书笔记

注释

般金·钱德拉·查特吉（1838—1894）：孟加拉语近代文学创始人。

你大大小小的缺点，把它们化入你的崇高之中。

我深知你最擅长塑造瑕不掩瑜的风云人物。你一再地督促我："提笔写小说吧，在作家的舞台上，你本应有尊贵的席位，是你的自卑感，使你屈辱地坐在读者的长凳上。"

于是，我犹犹豫豫地拿起了笔。

我第一部小说以我们这个时代为背景。主人公是邦迪加达地区被追捕的政治犯。他潜伏了七个月，有天深夜冒着生命危险回家看望母亲。他的亲叔叔向警察告密。他在一个渔家女的草房里躲了几天。他叔叔提供了可靠的情报，致使他落入敌人之手。渔家女做了伪证，也被捕入狱。他叔叔爬到了副县长的位置上。

你读了我的小说，赞不绝口，亲自把稿件送到编辑萨姆普·桑德尔家里，要他马上在《时代的车轮》上发表。

果然，小说第二个月开始连载。

[①] 如同干芦苇塘着火迅速蔓延的火势，我很快蜚声文坛。《短笛》杂志上一篇评论文章中写道："在这位文坛新星面前，著名小说家阿苏先生黯然失色了。"

你读完开心地一笑。

《番查加那》杂志上发表的拉地甘达·迦斯的文章说："孟加拉文苑终于诞生了真正的传世之作。"

你看了这篇文章没有笑。

之后，你我之间蔓生了名声的荆棘。

此刻，请听我一句话，我的名声是在"现代疯狂"的薄土中滋生的，根子扎得不深，不结果实，只有叶子

读书笔记

①比喻

诗人将自己蜚声文坛比成干芦苇塘蔓延的火势，生动形象地写出了自己出名的速度之快以及影响之大。

的茂密，原因是不懂得虚怀若谷。

你塑造的主人公是孟加拉的堂吉诃德，他的怪癖将千秋万代遗传给不同肤色的狂人。

①我小说中的主人公贡杰拉尔像一个爆竹，在空中一闪便熄灭了，只能迷惑傻瓜的眼睛。

❶比喻 将自己小说中的主人公比作一个爆竹，生动形象地表现出了他只能影响人们一时的特点。

我知道你是多么崇高。我岂能为窃取虚假的荣誉的资本而出卖你的友谊。

打开纸包看吧，里面是我作品的灰烬。

我的作品明天必是一撮尘土，干脆今天就付之一炬！

短 笛

吉努是卖牛奶的，他住的巷子边矗立着一幢二层楼房，楼房的窗子上钉着铁条，潮湿的墙壁上泥灰斑驳，到处都能看到褐色的斑痕。门帘是用美国布做的，上面绘制着财神迦奈斯。②租住在一楼房间的除了我，还有一条蜥蜴，它与我的不同之处在于，它不会饿肚子。

❷对比 用一种非常诙谐的口吻，写到自己和蜥蜴最大的不同，就是蜥蜴不会饿肚子，写出了自己当时窘迫的经济状况。

我在商业厅工作，是那里最年轻的文书，每月工资二十五卢比。下班后还要给“达特”种姓人的孩子做辅导，以换取一顿便饭。而后到瑟亚尔达车站打发晚上的时间，以此节省下点灯的消费。听着汽笛的鸣响，车轮的哐当声，苦力的叫嚷声，旅客的喧闹声……待到十点半，才能回到黑漆漆冷寂的住所。

我姑妈的村子位于达勒斯瓦利河畔，她的侄女和我曾经有过婚约。就在成亲的前夕，我“犯上作乱”的事情暴露，只好仓促出逃。新娘就此甩掉了“包袱”，我亦然。

新娘没能走进婚房，但她时刻在我心房里浮现。她身上穿着达卡绸纱丽，额间点着一颗大大的吉祥痣。

近日，阴雨绵绵，电车票还在涨价，薪资却被扣了。巷子的角落里，到处是杧果和榴梿被吃剩的残骸、猫狗的尸体、鱼鳍、炉灰……堆积在一起，日渐腐烂。

①我正用的那把残破的旧伞，就像被扣了又扣的工资。办公室沉郁的气氛是仅有的装饰品，这是崇拜毗湿奴大神的乐天派库比康特的玩笑话。

②阴雨的暗影溜进潮乎乎的小屋，犹如落入陷阱的野兽，昏睡不醒。日出日落，我觉得自己正与死气沉沉的世界捆绑在一起。

甘达先生居住在巷口，他有一头精心打理的黑色卷发和一双大大的眼睛，性情豪迈，从小喜欢吹笛。夜色将尽的拂晓，寂静的午夜，光影闪烁的午后，巷子难闻的空气中，时常飘荡着他的笛声。有天傍晚，他吹奏起深沉的“巴鲁亚”“兴都”曲调，暗沉的天空充满了亘古长存的离愁。一瞬间，巷子恍如哀戚绝望的醉鬼梦话般地虚幻。我猛然间感到，我这个穷文书与莫卧儿的皇帝阿格巴尔并没有什么区别，华盖和破伞顺着哀婉的笛声一起向着天国飞去。

这笛声演奏到最为真情流露的地方，犹如奔流的达勒斯瓦利河。永恒的黄昏，河边黑棕榈树的暗影里，菜园中，她身穿达卡绸纱丽，眉间点了一颗大大的吉祥痣，正在等待。

❶比喻

将自己用的破旧的伞比作扣了又扣的工资，有一种黑色幽默，说明诗人此时非常窘迫和贫困的生活现状。

❷比喻

生动地突出了周围环境之差，也反映出了诗人此时颓废沮丧的心情。

读书笔记

步步高升

我每天上午跟随尼勒穆尼在楼梯口右侧的走廊里学英语。

破墙旁生长着一棵巨大的罗望子树，每到结果的时候，猴子就在树上蹿来蹿去。

我的视线忍不住从英语课本上移开，追逐猴子不停晃动的尾巴。[①] 老师马上拧住了我的耳朵，以证明我与红眼猴在理性上存在区别。

放学后，我执教于植物家族。

园子里种着酸果树、黑浆果树和一排槟榔树。靠墙自己长出来的那棵小枣树是我的学生。

[②] 我拿着戒尺一边敲打枣树一边训斥：“看你这小笨蛋，巨大的黑浆果树都结出果实了，你怎么还是又小又矮，不思进取！”

父亲经常教导我要“上进”，他再三讲述拾破烂的卖一筐筐碎玻璃，最终当上大富翁的故事，“上进”的观点在我眼前逐渐变得越来越清晰又具体。

人没有不想当富翁的，至少也要像巴吉德普尔镇放高利贷的帕珠·马雷克那般富有，我家这幢楼房连带着黑浆果园，都已经抵押给他了。

我每天训诫枣树，要以帕珠·马雷克为榜样，尽快成长。

我每天两次拿着棍子帮枣树测量高度。

我的怒火日渐高涨，它却装看不见，既不长大，也不开花结果。暴怒下，我拿着木棍狠狠抽了它一顿。

❶叙述

诗人用诙谐的口吻，写到了“我”上课开小差时被老师抓住的情景，让读者忍俊不禁，增强文章的趣味性。

❷动作、语言描写

这一段动作和语言描写非常生动，“我”模仿老师训斥自己时的情态跃然纸上，展现了“我”调皮可爱的一面。

读书笔记

此时，我因为父亲的工作调动而转入了加尔各答的一所高级英语学校，从这里开始向着达官显贵的道路攀爬。

父亲去世没多久，我在秘书处崭露头角。

但是妹妹已到了嫁人的年纪，我只好找人借了一大笔钱，用以操办妹妹的婚礼。

我的亲事也略有进展，就在来年二月九日，和煦的春风在内外吹拂的时光，就……

没想到，我的职务被人撸了下来。

我的境遇犹如被蝗虫啮噬的，表面光鲜的果子，大风吹过，咚咚落地。

读书笔记

春季的花事遇到麻烦，只怪我时运不济。

公事房的财神翻脸无情，家里的财神也另寻了新的金莲台。

我拿着文凭到处找新工作，奔忙了几日，只累得面容枯槁，目光涣散，肚子也饿瘪了，鞋跟也走断了，肤色与旧床单差不多。

我登上达官显贵的大门求助，差点累断腿。此时我忽然接到一封信，因为借款逾期，放高利贷的帕珠·马雷克收回了我家抵押的房产。

读书笔记

我急忙回到老家，上楼打开窗子，无意中碰到一根枝丫。我心中气愤，一把推开，结果仔细一看，原来那是我的“学生”。

枣树已经长得高大茂盛，向我证明它“高升”了，如同上门收房的帕珠·马雷克一般模样。

朝觐者

我们在严寒中起程。

①这段漫长旅程开始的时机极为糟糕，道路曲折，寒风像刀子一样锋锐，寒冷难以抵挡。

❶比喻 将寒风比作刀子，生动形象地写出了天气的冷，也突出了寒风的刺骨。

驼峰被磨伤，脚也疼得不行，脾气暴躁的骆驼时常趴在雪水上。

想到春天山脚下的宫殿，穿着华美、手拿盛满美酒的杯盏的名门贵女，心中十分颓丧。

负责牵骆驼的脚夫怨气滔天，骂声不绝，一个个溜得飞快，都去寻烈酒和女人去了。

火把已然熄灭，还没找到休息的旅店，城市里充满猜忌和敌意；村子中脏乱还胡乱要价。

困难太多了！我们最终决定连夜赶路，累了就眯一觉。听到有人在唱歌，肯定是个疯子！

清晨的时候，我们走进清凉舒适的山谷，②雪线下埋着湿润的泥土，空气里飘荡着馥郁的山林的味道，山涧中溪水奔流，水车的桨叶拍打着幽暗。

❷环境描写 从视觉、嗅觉两个层面对山谷周围的景色进行非常细致的描写。从这些描写中，可以凸显自然环境的优美。

三棵树矗立在天边。通体雪白的老马在山坳内奔跑。我们来到门上挂着葡萄藤的酒馆前，看到有两人脚下踩着空酒坛，在敞开的大门口赌博。

没有打探到任何讯息，我们接着前行。时间流逝，黄昏的时候，我们走到了终点，不得不说，这是一段令人满意的经历。

注释

本篇是泰戈尔翻译的诗，原诗作者是英国诗人艾略特。

①这一切好似发生在遥远的过去，又好似发生在当下，记下，请记下这段话——如此遥远的地方吸引我们来，是为了生存还是死亡？

❶设问　这一个疑问句起着非常重要的承上启下的作用，引出了下文诗人对生和死的思考，也能给读者以启发。

“生”已然经历过一回，我们有确切的证据。

在此之前，我看到过“生”与“死”，自认两者并不相同。

但是，这“生”是异常残酷的，它的摧残是狠毒的，如死，如我们之死。

我们回归自己的家园，自己的世界。但在陈腐的规矩下，没有片刻安宁，周围难以亲近之人怀抱着各自的神像。

我死了反倒轻松。

儿童圣地

1

什么时辰了？没人回答。

愚昧的时光在亘古的迷途里踟蹰，看不到陌生的道路的终点。

②山脚下的阴暗犹如死去的魔鬼的眼球，厚重的云彩挤压着天空的胸膛，洞穴内成团的黑雾好似裂开的残夜碎片。

❷比喻　把山脚下的阴暗比喻成死去的魔鬼的眼球，生动形象地写出了当时环境的黑暗以及恐怖的氛围。

天际耀眼的火光，时明时灭，那是不知名的红眼煞星的窥探？或者是远古的渴求抖动着的滴血的舌头？

“蜕变”那泪滴一样的乱七八糟的杂物，是生命还未完的游戏的遗骸？或是任性浪费的权势的残存的牌坊？神祇遗弃的天祠里蛇穴迂回的祭坛？被掩盖的河道上被忘却的朽坏的大桥？还未建成便腐朽了的没入荒芜的台阶？

突然，[1]传来一阵惊天动地的巨响，那是囚禁的洪水冲出山口的怒号？或是狂乱旋舞的苦修士正在诵读的威力惊人的经咒？还是被大火围困的森林临死前的悲鸣？

❶疑问

这三个疑问句在猜测惊天动地的巨响来自何处。

恐怖的声音下，流泻出微弱的音流，犹如火山爆发的熔岩，其中融合了卑劣的风言风语、妒贤嫉能的低语、无知的刻薄的傻笑。

那里，飘荡的人犹如历史的碎纸，在火把的光芒里，露出一脸的惊恐。

一日，毫无理由的猜忌使得一个狂徒挥刀砍死了自己的邻居。偏颇的判决引起了众人义愤的争吵。

一个妇女无望地哀号道："啊，啊，我们迷途的儿子腐朽堕落了。"

一名裸露着娇躯的浑身充满青春酒香的美女娇笑道："不过是件小事！"

读书笔记

2

虔诚者坐于山顶皎皎的宁静中，不休不眠地睁开眼寻找星辰的暗示。

云朵聚集，夜鸟悲啼飞过的时候，他说："不要恐惧，朋友，人类是崇高的。"

他们嗤之以鼻地说："兽性是远古的力量，那才是永恒的。赤诚不过是自欺欺人。"

遭受打击时，他们惊恐地询问："朋友，你在哪儿？"

得到这样的回答："我就在你们身边。"

黑暗里看不到他的身影。众人争论不休："那句话是由于惊吓产生的错觉，是虚幻的自我安慰。"

读书笔记

在残暴的荆棘遍地的沙漠里，人们为霸占海市蜃楼而经年累月地互相残杀。

3

乌云散开，天气晴朗，东方的地平线上升起了启明星。大地从胸口慢慢吐出一声舒畅的叹息。林间小路上飘荡着叶片沙沙的絮语，小鸟在树枝间欢唱。

"时间到了。"虔诚者坚定地说。

"什么时间？"

"上路的时间。"

读书笔记

他们不明白这是什么意思，坐在那儿胡思乱想。

清晨的抚慰融入泥土深处，宇宙的触须里溢出生命的力量。一个微弱的声音在众人耳内响起：出发吧，向着"完美"的圣地！

这振奋人心的伟大的声音立刻在众人间传播开来。男人凝视天空，女人合掌抵额，孩童拍手欢笑。

红色的日光在虔诚者的眉心烙下了一个金色的吉祥痣。

[1] 众人高声齐呼：啊，朋友，我们歌颂你。

❶语言描写 诗人直接用众人呼喊的句子来结尾，通过最直接的语言，表达出了众人对于虔诚者的崇拜。

4

旅人自不同的地点出发——

从恒河岸边，从尼罗河流域，从西藏寒冷的河谷，他们渡过大海，翻越山岭，穿过浩瀚的沙漠，在藤蔓如织的丛林里寻找道路，一路走到城墙环顾的都市大门前。

他们有些骑着马、骆驼、大象，有些徒步而行。

有的战车上悬挂着中国的旗帜。

信仰不同的教徒们念诵着各自的经文，焚香前行。

保护国王的士兵的刀戟闪着寒光，鼓声响如雷鸣。

托钵僧身披破旧的袈裟，达官显贵穿着明艳的缀金缎带绸袍。

读书笔记

步履匆匆的年轻学者推着被学识的荣耀和年龄的重负压得举步维艰的老学者。

数不清的母亲、少女、新娘提着装满香水的铜壶，托着摆放了白檀香膏的盘子，一路欢声笑语而来。

行进的队伍中还有瞎子、跛子以及售卖神灵、衣帽整齐的宗教商贾。

什么是“完美”？

没人能说清楚。

5

读书笔记

山道上乱石堆砌，崎岖又艰险。

虔诚者走在前方领路，身后跟着弱者、强者、老年人、年轻人、统治者、饥寒交迫的农夫……有些人脚底磨出了水泡，精疲力竭，有些人心中充满怨气，有些人则发出质疑。

他们算计着走出的步数，时不时询问：还要走多远？

虔诚者用歌声给予回答。

他们听到歌声，紧皱眉头，但不敢往回走。

人们随着惯性和隐约的期望向前挺进。

他们缩短睡眠和休息的时间，开始比赛，互相超越，担心自己会因落后而受到欺骗。

一个个白昼迎来了尾随而至的黄昏，未知的邀请以无形的信息向他们发出召唤。

他们的神情逐渐冷酷，牢骚话越来越难听。

读书笔记

6

夜晚。

行走了一天的众人在榕树下铺上席子，各自安坐。

一阵风吹熄了灯火，黏腻的幽暗犹如昏睡。

人群里猛然站出一人，指着领路人怒吼道："你是个骗子，你欺骗了我们。"

人们的口中迸发出严厉的指责，①女人们恨得咬紧牙关，男人们则开口怒骂。最后，一个大胆的人快速朝他击出一拳。人们一个个站起身，朝他大打出手，他失去了生命，尸体倒在地上。

❶动作描写

在这个段落中，通过女人和男人们的动作——"咬紧牙关"和"开口怒骂"以至于"大打出手"——体现了他们的愤怒。

静寂的夜，水声自远处隐约传来，空气中飘荡着茉莉花淡雅的清香。

7

旅人们大惊失色。

女人默默饮泣，男人高声厉喝："不要哭！"

被鞭打的狗发出惨叫，停止了吼叫。

夜还漫长。

人们展开激烈的讨论，分辨该由谁来承担责任。

他们怒吼，喊叫，就在要拔出刀搏斗之时，黑夜逐渐亮起了霞光，朝霞掠过山顶，笼罩着天空。

他们渐渐安静下来。

①太阳伸手怜爱地轻抚死者鲜血淋漓的安详的额头。

❶拟人 写太阳伸手抚摸和安抚死者的动作，突出了太阳的慈爱，更反衬出人们的残忍。

女人们高声痛哭，男人们以掌覆面。有人想要趁机逃走，但却挪不动脚步，罪孽的枷锁已经把他与可怜的牺牲者串在了一起。

他们痛苦地相互询问："还有谁能给我们领路？"

"那个被我们打死的人就是领路人。"一位东方老者说。

大家沉默地垂下头。

"我们因为怀疑而舍弃了他，"老者继续道，②"狂怒让我们残杀了他，如今爱让我们接纳了他，他的死让他活在了我们的生活中，他是崇高的战胜了死亡的胜利者。"

❷语言描写 诗人主要从语言描写这个方面为我们刻画了一位博学且富有智慧的老者形象。

人们全部站了起来，高声呼喊："胜利属于战胜了死亡的人！"

8

年轻人提议："向力量与爱的圣地进发！"

无数个喉咙喊出誓言："我们要征服今生与来世！"

他们没有清晰的目标，但心怀共同的热情。他们相同的火热期盼漠视了死亡的威胁。他们心中没了忧虑，不再问还要走多远，路上也不再感到劳累。

亡故的领路人的灵魂在他们的心中，在他们前进的方向。他跨越了生命的边界，超脱了死亡。

他们行过播撒种子的田地，路过塞满作物的谷仓，穿过获得新生的贫瘠的大地，沿着人口聚集的城市的大路前进，穿越人迹罕至的孤寂的荒原，那里往昔的时光沉默地将残破的功勋拥入怀中。他们看到破落户的残垣后面，卧榻曾讥讽食客。

读书笔记

途中度过了烈日炙烤的漫长的上午，夕阳沉默下去的时候，他们向预言者询问："前面是否就是我们盼望的阙顶？"

"不是，那只是落日在暮云峰顶撒下的余晖。"预言者说。

年轻人鼓舞着士气道："朋友，不要停下来，走出夜的黑暗，我们终将到达光明的领地。"

他们在黑夜中前行，路感受到了使命，于是让尘土无声无息地指示方向。

① 通向上界的天衢上，星辰以沉默的歌声鼓励他们："朋友们，一直往前！"

❶拟人 写星辰用歌声来鼓舞人们，借用星辰来表达自己对赶路人的鼓励。

凌空传来领路人的讯息："就快要到了。"

9

当树叶上的晨露映照出第一抹晨曦时，观星者说："我们到达终点了，朋友们。"

道路边生长着看不到尽头的成熟的稻穗，大地的欢悦应和着彩霞的变幻。从山脚到河边，坐落着许多村庄，人们每天安静地生活。制陶工匠的轮子转得欢快，樵夫扛着柴火赶往市集，牧童在田野里放牧，女人顶着水罐，顺着河边的小路走回家。

读书笔记

但是，帝王的宫殿在哪里？金矿在哪里？古圣梵典在哪里？

“星辰的指引是不会出错的。他们指引的信号就落在此地。”观星者说罢，态度恭敬地走到路边的泉水旁。

①泉眼中冒出的水犹如流动的光华，晨曦在汇聚笑泪的乐声的浪潮中荡漾，一间茅舍坐落在一射之地的棕榈树林中，它此刻正沉浸在无法言说的安静之中。

①比喻 把泉眼中冒出的水比喻成了流动的光华，生动形象地突出了水的灵动感和清澈透亮的特点。

一位自海滨而来的陌生诗人站在门口吟唱：“请开门吧，母亲！”

10

一缕光线斜斜照射着门扉。

聚集在一起的人们好似听到了血管中那来自洪荒时代的偈语：请开门吧，母亲！

门打开了。

母亲坐在草榻上，怀中抱着一名婴儿。

读书笔记

期待的阳光照射着彩霞环抱的星辰似的婴孩的脸庞。

诗人弹奏乐曲，歌声飘荡在天空——凯旋属于人类，属于新生命，属于永恒的人。

国主、雅士、乞丐、才子、罪犯、愚民……所有人都跪伏于地，高声欢呼："胜利属于人类，属于新生命，属于永恒的人！"

读书笔记

最后一封信

因为我的过错，空落落的寓所气愤地转过脸不搭理我。

我从一个房间走到另一个房间，没找到一个属于我的落脚地。我郁闷地走到屋外。

我决定把房子租出去，自己搬到特拉登生活。

因为太过伤心，我很长时间不敢踏进阿姆丽的屋子。但是租客快到了，屋子需要整理一下，我只好把她锁住的屋门打开了。

读书笔记

屋内摆着一双她的阿格拉绣花拖鞋，还有洗发液、梳子，和几个装着护肤液的小瓶子。书架上摆着她的书本，一本贴满她收藏的照片的剪贴簿和一个手风琴。衣架上挂着长毛巾、机织布纱丽、上衣。小玻璃柜里装着各类玩具和空了的粉盒。

我坐到桌子后面的床板上，打开她的红皮书包，① 从中取出一个演算本，有一封尚未封口的信掉了出来，信封上稚嫩的字迹是阿姆丽的，上面写着我家的地址。

①细节描写 这一处的细节描写非常动人，写信件从书包中掉落出来，这个细节能够突出说明这封信沉寂的时间很久。

我听人说过，人在被淹死的时候，眼前会浮现出自己浓缩的一生。我好像一个快要被淹死的人，拿起信的刹那间，想起了许多往事。

阿格拉：地名，印度泰姬陵的所在地，以制鞋业而闻名。

阿姆丽的母亲在她七岁时便去世了。

读书笔记

我忧心忡忡地担忧她也活不了太久。

因为，她神色忧伤，离别的阴影来得太早，遮住了她那双黝黑的双眸。

我担心发生意外，每天上班，不允许她离开我身边半步。

她的姨妈从班基普尔过来旅游，担心地说："这孩子的学业会被耽误的。现在谁还愿意娶个大字不识的女孩，给自己背上包袱呢？"

我十分惭愧，说："明天我就送她去贝都恩学校上学。"

读书笔记

第二日，阿姆丽去了学校，不过休假的时间远远超过了学习的时间。她的父亲时常使计让接她上学的汽车倒开回来。

她姨妈第二年又来这里度假，看到这番情形，十分不满："这样念书怎么行？我要把孩子带走，把她送去贝那勒斯的寄宿学校。不管怎样我都要把她从父亲的溺宠中救出来。"

阿姆丽跟着她的姨妈走了，因为我答应了，于是她怀着满腔无泪的怨愤走了。

我出门旅游，去了巴特里那塔圣地，将自己从郁闷的心情中解放出来。[1]一连四个月，我都没有收到她的消息，还以为是老师的帮助让她消除了心头的郁结。

1心理描写 四个月没有音讯，为下文中写她被"大神""收走"埋下了伏笔。

我心中的大石终于落了地，暗自满意自己将她拜托给"大神"的举动。四个月后我回家，直接前去贝那勒斯探望阿姆丽，途中却接到一封信，信上说，大神已经收下了她！

所有的那一切如今都已过去。

我坐在阿姆丽的屋子里，展开信纸，看到上面写着：我非常想见您。

没有别的话。

读书笔记

废纸篓

“苏妮，你在做些什么？”父亲惊讶地问道，“你要到哪儿去？为什么要把衣服装进皮箱里？”

苏娜丽达住在三楼，卧室里有两扇南窗。窗户前面的卧床上铺着十分讲究的拉克恼床单，书桌靠着对面的墙壁，上面摆放着她亡母的遗照，墙上挂着她父亲的照片，镜框的两边还装饰着一串芬芳的花条，① 地毯是粉红色的，上面乱七八糟地堆着衬衣、纱丽、袜子、紧身上衣、手帕……

身旁，一条摇晃着尾巴的小狗正高举前爪企图扑到女主人怀里，它无法理解女主人为何要收拾衣服，担心女主人会丢下它。

妹妹莎米达环抱着自己的双膝，席地而坐，② 她侧过脸看向窗外，她的头发没有梳好，眼圈也是红肿的，显然刚刚哭过一场。

苏娜丽达只顾埋头收拾衣服，并不回话，手还在微微颤抖。

❶环境描写

乱七八糟地堆着各种各样的衣服，为下文苏娜丽达的离开做了铺垫。

❷细节描写

诗人从神态“眼圈也是红肿的”、外貌“头发没有梳好”和动作描写“侧过脸看向窗外”突出了妹妹的难过。

注释

苏妮：苏娜丽达的爱称。

父亲再次问道，“你这是要出门吗？”

苏娜丽达语气不善地说：“您说过，我不可以在家里成亲，所以我要到阿努家去。”

“姐姐！”莎米达大叫一声，“你究竟在胡说些什么呀！”

父亲流露出愤怒又无奈的神情：“他家里的人不接受我们的观点。”

“可是他们的观点我要一辈子遵从。”女儿的语气十分坚定，神情异常严肃，显然下定了决心，说罢便将一枚别针装到了信封里。

父亲担忧地说道：“阿尼尔的父亲宣扬种姓制度，他不会同意你们的亲事。”

“您对阿尼尔并不了解，”女儿骄傲地说道，“他是个胸怀宽广且有自己想法的年轻人。”

①父亲长长叹息一声，在莎米达的搀扶下离开了。

钟敲响了十二下。

苏娜丽达整个上午粒米未进。莎米达过来叫了她一次，可她坚持要去朋友家吃。

苏娜丽达因为失去了母爱，所以是父亲的掌中宝，父亲要进屋劝说她吃饭，却被莎米达拦住了，说：“父亲，不用去了，她是不会听话的。”

苏娜丽达伸头向着窗外的大街上看去。终于，她看到阿尼尔家的汽车驶过来了。②她急匆匆打扮起来，并

读书笔记

❶动作描写

从父亲“长长叹息”和“搀扶下离开”这两个动作描写，突出此时父亲身体状况差以及父亲难过失望。

❷动作描写

“急匆匆打扮起来”以及“一枚胸针别在胸前”这两个动作能够凸显出苏娜丽达对于新生活的向往。

注释

阿努：阿尼尔的爱称。

将一枚精致的胸针别在胸前。

“这是阿尼尔家的信，拿去看吧。”莎米达将一封信丢到了姐姐怀里。

苏娜丽达看完信后如丧考妣，神情颓然地跌坐在大木箱上。

阿尼尔在信里是这样写的：“我原本认为一定可以劝服父亲改变自己的观点，但无论怎么说，他依然毫不动摇，因此……”

下午一点。

苏娜丽达木呆呆地坐着，眼中早已没了泪水。

仆人罗摩查里塔走进屋，轻声道：“他家的汽车还停在咱们楼下呢。”

①“让他们都滚！”苏娜丽达发出愤怒的吼叫。

她的宠物狗安静地趴在她脚边。

父亲知道事情有了变化，但还没来得及询问清楚，他爱抚着女儿柔滑的秀发说：“苏妮，去赫桑巴特吧，到你舅舅家散散心。”

阿尼尔明天就要举行婚礼了。

阿尼尔固执地喊道：“我不想结婚。”

母亲心痛地叹息道：“唉，不然就依了他的心意吧。”

“你疯了吗！”父亲愤怒地喊道。

家里披红挂彩，唢呐的乐曲从清晨吹到傍晚。

阿尼尔魂不守舍。

大约晚上七点，苏娜丽达家的一楼已经点燃了煤油灯，脏兮兮的地毯上放着一沓报纸。管家卡伊拉斯·萨尔加尔正用手拿着水烟筒吸烟。他右手扇着扇子，正等

读书笔记

❶语言描写

可以看出此时她内心的难过以及愤怒。

读书笔记

下人来为他揉捏疼痛的大腿。

读书笔记

阿尼尔就在此时突然到访。

管家急忙站起身，打理了一下自己的衣服。“匆忙之间忘记给喜钱了，所以专门来了一趟。”阿尼尔犹豫了一下道，“我能趁机看一眼苏娜丽达小姐的卧房吗？”

阿尼尔缓步走入卧房，坐在苏娜丽达的床上，双手抱头。卧床上，窗帘上，门框上，到处都飘散着幽香，是残花的？秀发的？或者是这寂寥的卧房内遗留的回忆的？没人知道。

阿尼尔吸了根烟，将烟蒂丢到窗外，[1]从书桌下面拿出废纸篓，抱在怀里。他的内心猛然抽痛了一下。他看到篓内尽是被撕碎的信纸。淡蓝色的信纸，上面落下了他的笔迹。除此以外还有一张撕碎的照片，以及四年前被红色丝带绑在硬纸板上的两朵花——干枯了的紫罗兰和三色堇。

❶动作描写

“内心猛然抽痛”和“抱在怀里”这两个动作，突出了阿尼尔内心对于苏娜丽达和过去美好时光的怀念。

山茶花

卡梅腊是她的名字。

她的名字是我在她的练习册上看见的。

那天，她带弟弟乘坐公交车去学院，我就坐在她后排的椅子上，她怀里抱着练习册和教科书，我喜欢她披散的头发和娇柔的面庞。我在本该离开的时候却没有下车。

从那以后，我规划了全新的出门时刻表。这完全不符合我的上班时间，但却能与她的上学时间相符合，所

以我们经常会偶遇。

我想，虽然我们还不认识，但已经是对方的同行伙伴了。

① 她浑身散发着睿智的光，黑发从额头往后拢起，双眸闪耀着朴实的光泽。

我暗自埋怨，为何不能发生个什么事故，可以让我来个英雄救美以彰显价值呢？比如大街上发生动乱，抑或有坏蛋胡作非为。这种事不是很常见吗？

我的命运好似一潭污水，接收不到值得歌颂的壮举。无聊的日子犹如吵闹的青蛙，既请不到残酷的鳄鱼和鲨鱼，也请不到优雅的天鹅。

一天，公交车上十分拥挤。

一个说着一半孟加拉语一半英语的年轻人坐在卡梅腊身边。我简直想要扇飞他的帽子，抓着肩膀把他扔下车，但一时半会儿没有找到借口，简直手痒难耐。

此时，他突然拿出一支粗大的雪茄抽起来。

我英勇地站到他跟前，用命令的语气道：“把雪茄扔了！”

他假装听不见，依然我行我素。

我一把抽出他嘴里的雪茄，扔到窗外，而后握紧双拳，对他怒目而视。他吓得不敢吱声，飞快跳下了车。

他或许见过我，毕竟我在足球场上一向以进攻勇猛而小有名气。

② 少女的脸庞突然红了。她垂头假装在看书，手瑟瑟颤抖，对我这位见义勇为的勇士理都不理。

车上富有正义感的职员一齐夸奖道：“您做得很对，

❶外貌描写

诗人对“她”的外貌进行了大致的描写，通过写到双眸闪耀着朴实的光芒，能够看出诗人对“她”的欣赏。

读书笔记

❷动作描写

诗人这里写到了少女脸庞变红，垂头假装看书的动作，反映出了少女的羞涩。

先生！”

没过一会儿，少女提前下了车，改坐出租车离开了。

读书笔记

从那以后，我一连两天都没再遇到她。

第三天，我看到她坐着黄包车上学，这才明白自己因莽撞而做错了事。少女可以自己处理事情，不需要我多管闲事。我暗暗感叹自己的命运真的是一潭污水，勇士壮举的记忆犹如牛蛙呱鸣，在脑海中对我冷嘲热讽。

我决定改正自己的错误。

没过多久，我知道她家要去大吉岭避暑。

今年，我也急需换下空气。

她家的宅子名叫“摩迪亚”，修建在离山道很近的密林里，与雪峰遥遥相望。

我到达那里后才听说，她家来不了了。

我正准备返回的时候，碰到了对我崇拜不已的球迷摩汉拉尔。[1]他身材高瘦，架着一副斯斯文文的眼镜，羸弱的消化器官在大吉岭鲜活的空气中获得了一些抚慰。他对我道：“我的妹妹名叫泰努卡，她想要见您一面。”

❶外貌描写 从“身材高瘦”和“架着一副斯斯文文的眼镜”等着手，为我们塑造了一位有书香气息的球迷形象。

泰努卡身材极为单薄，好像一个影子，她对我这位小有名气的足球运动员怀着莫名的敬仰。她认为我答应同她聊天显示了我对她特别的关切。

啊，命运弄人！

在我准备下山的前两日，泰努卡隐晦地告诉我：“我想送你一个能让你时刻思念我们的礼物——一盆花。”

乱来！我用缄默表达了厌烦。

“这是十分珍稀的植物，”泰努卡道，“需要在恒河平原上悉心栽培才会成活。”

“什么花？”

“山茶花。”

[1] 我内心巨震，一个与山茶花发音类似的名字飞掠过我暗沉的内心。我微笑着自言自语：“山茶花，难以得到她的心。”

❶心理描写 从这一段内心的活动，能够看出山茶花在“我”的经历中是一个非常重要的事物。

我不知道泰努卡是否明白这话的含义。她忽然羞红了脸颊，激动得浑身微抖。

我带着这盆花踏上了归途。

登上火车，我发现想安置这位“同行者”并非易事，我将它藏到了双人包厢的洗漱间里。

这次的旅途就此告一段落。

此后数月的琐事无须赘述。

祭神节假期到了，一场闹剧也在绍塔尔族聚居区拉开了序幕。那里属于偏远的山区，我不便说出它的名字，想换空气的有钱人从不会去那里。

卡梅腊有个舅舅，职业是铁路工程师，他的家位于娑罗树影遮掩的“松鼠的村庄”里，从那里可以看到远处的青山。周边的沙砾地里流淌着淙淙的甘泉，野蚕茧坠在帕拉斯树枝上，绍塔尔族牧童赤身骑在水牛的背上。

读书笔记

这里没人开旅店，于是我只好在河边搭建了帐篷，我没有其他同伴，只有那盆山茶花。

卡梅腊是与她的妈妈一起过来的。

❶拟人

野花亲吻双足，描绘了一幅少女走过遍地野花的树林的美好画面。

黎明前，她撑着花伞，[1]在清凉的晨风中，漫步于娑罗树林里，遍地野花争相亲吻她的双足，却并未吸引她的关注。她时而走过浅清的溪水，去到对岸的树下读书。

她不搭理我，因此我判断她已经认出了我。

一天，我发现他们去河边聚餐，我非常想跟过去对他们说："我可以为你们服务吗？我可以打柴，汲水，周围的树林里或许还有脾气温和的狗熊呢。"

我看到一个穿着英国绸衬衫的年轻人，他就坐在卡梅腊身边，伸直腿抽着雪茄。卡梅腊神不守舍地捏碎了一朵蔷薇花，身旁放着一本英国文学月刊。

我恍然大悟，原来在这巴尔格寂静的河谷里并没有我的位置，我是无法忍受的多余之人。我应该识相地走开，但是，还不行。我需要再耐心地等几日，待到山茶花盛开了，让人送给她，这才能了却我的心事。

白天，我去打猎，晚上回来浇灌山茶花，静静等待花苞绽放。

那一天终于到来了。我高声大叫，让给我弄柴火的绍塔尔族少女进帐篷，我想让她帮我把用娑罗树叶包好的山茶花送过去。

我一边在帐篷里看着侦探小说，一边等待着。

帐篷外传来甜美的声音："叫我吗，先生？"

我闻声走出帐篷，一眼便看到她的耳朵上夹着那支山茶花，她黑亮的脸庞闪着喜悦的光芒。

"您叫我有事吗？"她又问。

"没事，只是想看看你戴花的样子。"言罢我便起

读书笔记

程返回了加尔各答。

玩具的自由

穆尼小姐的卧室内有一个日本木偶，她的名字叫作哈娜桑，穿着一件豆绿色、绣着金色花纹的日本裙子，她还有一名来自英国商场的新郎。新郎的身份是一位没落王朝的王子，他腰佩宝剑，王冠上插着一根很长的羽毛。

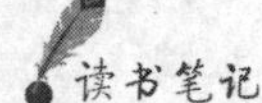

傍晚，电灯打开了，哈娜桑在床上躺着。

一只黑蝙蝠不知道从哪里溜了进来，在房间里蹿来窜去，它的影子不停在地上打转。

哈娜桑突然说道：“蝙蝠，我的好朋友，带我去云的国度吧，我是一个木偶，想要在游戏的王国来一段度假的游戏。”

穆尼小姐在屋子里寻不到哈娜桑，焦急地大喊大叫:“哈娜桑，你去哪里了？”

神鸟邦迦摩站在庭院外面的大榕树上说：“蝙蝠带她离开了。”

“哦，神鸟兄弟，”穆尼哀求道，“请带着我一起去把哈娜桑追回来吧。”

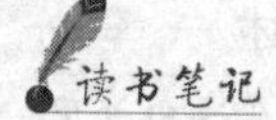

神鸟展开翅膀，腾空而起，驮着穆尼飞了一宿，清晨时他们到达了位于罗摩山的云彩的村庄。

穆尼大喊道：“你在哪里，哈娜桑？我来接你回家做游戏了。”

蓝色的云彩上前说：“人类懂得什么游戏？人类只会将他当作做游戏的工具。”

读书笔记

“你们是怎样做游戏的呢？”穆尼小姐追问。

黑色的云彩隆隆地呐喊着、大笑着飘过来道：“你看啊，她分散在五彩缤纷的色彩中，在飓风和霞光中，在不同方向不同形态中玩耍度假。”

穆尼十分急切：“神鸟兄弟，家中已经为她备好了婚礼，新郎在婚礼时看不见新娘会生气的。”

神鸟笑着说：“不如让蝙蝠把新郎也带过来，让他们在云端举行婚礼。”

“那样一来世间就只剩下饮泣的游戏了。”穆尼心中一阵难过，不由痛哭起来。

“穆尼小姐，”神鸟道，“黑夜即将过去，明日清晨，雨水滋润过的素馨花瓣上也有快乐的游戏，只不过你们都没能看到。”

怯 弱

巴特克里斯达是高中一年级的学生，他说话十分尖刻，是怯弱的同学心中的魔鬼。

他毫无缘由地给苏尼塔起了个“白鹤”的外号。

外号逐渐演变成“小鸭”，最后变成了“纯种鸭”。外号其实就是恶作剧而已，本身并没有特殊的含义。

老实人害怕被奚落，但却经常成为别人奚落的对象。恶意之人的队伍越来越大，四处放射怪笑的毒刺。

①巴特克里斯达的跟班也心怀恶意，用嘲讽刺伤苏尼塔。

❶叙述

在这句话里，诗人简单地交代了巴特克里斯达的跟班也跟随别人一起去取笑苏尼塔，突出了人们对他的恶意之大，为后面的转学做了铺垫。

不幸的苏尼塔为了摆脱这些只得转学。

但是他的血液中依旧流淌着往昔的怯懦和拘谨，蛮不讲理的恶魔巴特克里斯达把生活的不平和冷漠的嘲讽深深地印刻在了他心中。

巴特克里斯达熟悉苏尼塔的个性，每次在路上遇到他，总挑拨他内心逐渐沉淀的恐惧，用以炫耀自己的残暴手段，以此为乐。他仍然对苏尼塔怪笑，并叫他的外号。

苏尼塔在大学毕业以后企图进入律师的行列，但那里没有他立足的位置。

他没有挣钱的时机，但时间充裕，他唱歌，弹琴，以此来弥补空虚的生活。后来，他干脆成了艺术家尼亚玛德的学生，潜心研究音乐。

苏妲是苏尼塔的妹妹，她在英国人创建的达耶森学院就读，并且获得了学士学位，她发誓一定要把数学硕士的礼帽戴在头上。苏妲体态窈窕，举止轻盈，戴着近视镜的双眼总是闪着新奇的光，整个人充满着欢乐与甜蜜。

爱慕他的女友乌玛拉妮是个说话温柔的女子，她纤细圆润的手腕上戴两只精巧的手镯，睫毛下映着微颤的摄人心魄的暗影。她正在读哲学，每次开口讨论事情前总会先脸红。

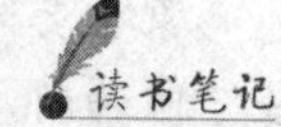

苏妲早已发现了哥哥的秘密，却在他面前尽力憋住笑声，以免让他害羞。

周末，苏妲将乌玛拉妮请来家中喝茶。

那天下着大雨，街道被水淹没。苏尼塔坐在窗前孤单地弹着歌曲，他知道乌玛拉妮就在隔壁，这份欢喜融入了他的心房，在琴弦上颤动。

苏妲忽然走进哥哥的卧房，按住他的琴说：“乌玛拉妮让我转告你，她想让你为她歌唱，否则不会放过你。”

乌玛拉妮面颊羞红，却想不出适当的言辞拆穿苏妲的谎言。

❶环境描写

细腻地描写风雨凌乱之夜，用环境的喧嚣反衬人心的静谧。

①傍晚，夜色更浓郁了，大门被风吹得剧烈晃动，斜雨敲打在玻璃窗上，走廊里的茉莉花飘出隐隐清香。街上的雨水已经积了齐膝高，汽车只得在水里前行。

没有亮灯的屋子里，苏尼塔富有感情地边弹边唱：霏霏细雨，啊，来吧，我的爱人……

他的心升入音乐的国度，尘世所有喧嚣繁杂都被融入乐音里，无尽流年的碧水中，一朵名为“美”的莲花绽开了，而他则坐于莲花之中，犹如换了个人……

突然，一个带着狞笑的声音从楼梯口传来：“纯种鸭，是你在这里吗？”

❷比喻

将眼神比作雷霆，形象生动地写出了眼神的犀利。

肥胖臃肿的巴特克里斯达闯到了屋子里，他错愕地发现苏尼塔正站在门口，②双眼朝他喷射着平静冷漠的怨愤，犹如雷神为了维护陀罗而向野蛮的嘲讽者投掷雷霆一般。

巴特克里斯达窘然一笑，正要说些什么，苏尼塔朝他大喊道：“闭嘴！”

好似被一脚踩扁的癞蛤蟆，巴特克里斯达的声音立刻消失了。

不朽形象的福音

犹如天狗食日张开的漆黑大嘴，黄昏的暗影提早吞噬了院子。

院外突然响起愤怒的吼叫："开门！"

房屋里的生命惊慌不已，哆嗦地顶着门板，锁紧大门，用颤抖的声音问："你到底是谁？"

来者再次用闷雷般的声音吼道："我是土地王国的特使，到时间了，前来讨债。"

门上挂着的铁链被震得咣啷啷响，墙壁也在剧烈摇晃。[1]屋内的空气忍不住唉声叹气。飞禽的翅膀在空中扑棱，犹如夜阑剧烈的心跳。

轰隆隆一阵拍击，门闩被拍断了，门板碎裂倒地。

生命哆嗦着问道："哦，土地，冷酷者，你想要什么？"

特使道："躯壳。"

生命哀叹道："我的所有娱乐活动都要在躯壳里完成，我在血液中奏乐，在原子里舞蹈。难道这一刻我的欢庆就要被破坏，手鼓被摔破，笛箫被折损，愉快的时光被无边的黑夜所掩埋？"

特使无动于衷："谁让你的躯壳欠下了债务，如今到了还债的时刻，它的泥土来自大地，也必须返还到大地的宝库。"

"你要追讨大地的欠款，只管拿去。"生命倔强地说，"可你为何要取走更多的东西呢？"

特使面含讥讽地说："你那穷酸的躯壳犹如一勾弯月那般贫瘠瘦弱，哪里有值钱的东西？"

"泥土属于你，但躯壳的形象不是你的。"生命抗辩道。

特使忍不住大笑："你要是能从躯壳上把形象剥离，那便拿去好了。"

❶拟人

将空气给拟人化，生动形象地写出了这位来者制造出来的动静之大。

读书笔记

“我肯定能剥离下来。”生命宣誓。

灵魂是生命的好友，他连夜赶往典礼举办的光之圣地，合掌恳求道：“崇高的辉煌！崇高的光华啊！形象的源泉！无须在粗陋的泥土身旁否定自己的真谛，无须侮辱自己的创造！他哪里有摧毁你形象的权利？他说了哪个咒语让我热泪盈眶？”

灵魂开始禅定苦修。

读书笔记

过了一千年，又过了一万年，生命悲号不止。

路上片刻不休地运送盗窃的形象。

生物界日夜飘荡着祷告：“啊，形象的钟爱者，啊，形象的缔造者！‘僵化’这魔鬼捉住了你的赠与，请把你的宝贝收回去吧！”

世世代代泯灭了。

隐约中自天庭传来懿旨：让来自泥土的回到泥土中去，让苦思的形象留存于我的苦思里，我承诺，消失的形象将重新显现，没有形体的影子将攀住光的臂膀参加你目光的宴会。

法螺吹响，形象重新回到抽象的画中，形象的仰慕者自四面八方而来。

一天又一天，一年又一年。生命依然在悲鸣。

①生命在期待着什么？

❶疑问

一个疑问句，起着至关重要的承上启下的作用，引出了下文中生命的自我讲述，疑问句更能引起读者的思考。

生命双掌合十道：“大地的特使用残暴的手段扼住了我的咽喉，说：‘咽喉是属于我的。’我不服说：‘泥土的笛子属于你，但笛子吹奏的音乐不是你的。’他听后狞笑一声。上天的懿旨啊，结块的泥土的狂傲将成为最终的赢家？他耳聋眼瞎，他的聋哑会一直压抑你的妙音？承载‘永生’的旨意的胸膛上怎会准许建造‘僵化’的得胜碑？”

天庭又有圣旨传来：无须担心，云气之海上无声的福音的浪涛永不泯灭，灵魂苦修者终能达成正果，这是我给予的赐福，萎缩的咽喉融入大地，永恒的喉咙承载懿旨。

灵魂的彩车将大地的魔鬼驾车劫掠的迷蒙的福音归还给无声的乐曲，尘世响起了获胜的欢呼。

无形的福音与无形的形象，在躯壳的家园生命的海边结合。

染衣女

桑格尔博古通今，能说会道，名声在外。

① 他敏锐的思绪好似鹰隼的尖嘴，总会风驰电掣地啄断敌方论据的臂膀，让对方跌落尘埃。

❶比喻

将思绪比作鹰隼的尖嘴，生动形象地写出了思绪的敏捷和犀利。

奈亚伊克是南印度的雄辩家，他慕名而来，向桑格尔提出了御前辩论的挑战。

辩论的获胜者会得到国王的奖励。

桑格尔接下这个挑战后，突然发现自己的缠头巾脏了，于是赶忙去了染衣房。

穆斯林查希姆的染衣房坐落在树篱环绕的菜地边。他的女儿今年17岁，名叫阿米娜，这姑娘正一边唱歌儿，一边碾着颜料调色。她身着天蓝色的纱丽，披着一袭棕色的披肩，头发上系着红缨子。

她将弄好的颜料碗交给工作的父亲时，桑格尔恰好走进染衣房，道：“查希姆，我接到国王的命令，要上殿辩论，请将我的缠头巾洗干净，并染成金黄色。”

渠水十分清澈，汩汩地流入菜地。阿米娜蹲在渠边的桑树荫下清洗缠头巾。

❶环境描写
寓情于景，写出了此时欢快愉悦的气氛。

① 春季温暖的日光照亮了渠水，斑鸠立在远方的杧果树上欢快地鸣叫。阿米娜洗好了缠头巾，将它摊开在青草上晾晒。突然，她看到头巾上有一行诗：你美妙的双足垂临我的额头。她聚精会神地思考起来，就连杧果树上斑鸠的鸣叫也听不见了。

最后，她从染衣房拿了针线，在头巾上绣了一行诗：可内心却没有感到爱抚。

读书笔记

桑格尔两天后来到染衣房，询问：“我缠头巾上的字是谁绣的？”

查希姆急忙行礼道：“先生，是我女儿，她做事太冒失了，请您不要怪罪她。就那样上殿辩论吧，没人能看到或弄懂那句话的。”

桑格尔转头看向阿米娜，道：“染衣女，你让妙足的抚爱落在了我被高傲缠绕的额头，沿着你的绣线走入了我的内心，我通向皇宫的道路已然泯灭了，从今以后再也不会被找到。”

解　脱

读书笔记

明天上午，将要隆重举行马拉提国王储巴基拉奥的灌顶大礼。

格尔达尼是位民间艺人，他没有得到进入御庙的准许，于是坐在庭院的一角，在一棵菩提树下弹琴，停下弹奏后，他自言自语：“神啊，你为何可以端坐于那坚硬的金椅上呢？”

半夜的时候，上弦月徐徐下沉。

远方的宫门前锣鼓喧天，亮似白昼，格尔达尼唱起歌来：

我顺着林径而来，

[1] 听到芳草的哭泣。

它们贴伏于尘土，

期盼胸膛上落下轻松的足迹。

献灯仪式结束，庙堂的大门关上了。人们纷纷拥向皇宫，格尔达尼接着唱道：

❶拟人 写到芳草哭泣，其实也能够反映出唱歌人悲伤难过的心情。

读书笔记

啊，生命之神，

他们想要将你永囚于石龛之中？

预见我们的摩挲交汇，

你自天国来到人间。

格尔达尼一个人在漆黑的菩提树下弹唱，巴基拉奥在近处安静聆听。

你召唤我离开封闭的深宅，

共游湖光山色，

你避免流浪的寂寞，

在内心得到自由。

伟岸的铁丝网环绕的牢，

任他们日夜看护！

清晨，晨星冷漠地立于霞光中。宫门前锣鼓喧天，祭司已将圣水送达，灌顶大礼马上就要开始了。

①清冷的御庙中，烛火微弱、疑惑，神像前摆放着乱糟糟的贡品。

巴基拉奥悄悄离开，开始了漫游之路。

❶环境描写

用“清冷”一词写出了御庙的冷淡，神像前面的供品“乱糟糟”，说明没有人打理。

圣　洁

白天，罗摩难陀长老拨弄着念珠诵读经文。

傍晚，他献上祭品，心中充满了神的恩赐，饥饿感立刻消除了。

庙会举办的那天，国王和王后驾临了。

除此以外，一批佩戴不同标记的不同教派的信徒与博学多才的学者也从四面八方赶来。

读书笔记

晚上沐浴完毕，罗摩难陀照常在神足前献上贡品，但内心却感受不到神的恩赏，他无法咽下食物。

停食整整两日后，罗摩难陀已经十分虚弱，他叩首道：“神啊，难道是我犯了什么罪孽？”

“你以为我是居住在婆伊昆塔仙境吗？”神愤怒地道，“那日没能进入庙宇的百姓都是接受过我的爱抚的，融入我圣水的生命之泉在他们的血液中流淌。对他们的怠慢让我十分愤怒，你今日的献祭是不圣洁的。”

“神啊，我必须遵循礼法呀。”罗摩难陀心中不安地注视着神的面容。

②神目露火光：“我亲自创建了世界的花园，并请

❷语言描写

诗人描写神与罗摩难陀的对话，为我们揭示了一个深刻的道理：发自内心的真诚的爱远比形式上的礼法仪式重要得多。

注释

婆伊昆塔：保护大神毗湿奴的居所。

来了这许多生灵。你竟然妄图在这里以礼法铸造壁垒，削弱我的力量，真是大胆！”

罗摩难陀惶惶不安地说：“明日我就取消礼法的界限，从您创建的世界里消除我的狂妄自大。”

深夜，星辰犹如陷入了沉思。罗摩难陀忽然被惊醒，他听到神在督促：“到时间了，快去履行你的承诺。”

罗摩难陀双掌合十：“这时间天还没亮，路也太黑，禽鸟都还没开始啼叫，我正静候破晓。”

“破晓总是在夜尽之后吗？”神斥责道，“当你的心听到我说话的时候，破晓就已经到来了，去吧，去践行你的承诺！”

罗摩难陀连声答允，头顶着明亮的北斗星，踏上了道路。

他走出城，穿过了村子，走到了位于河边的焚尸场。一个昌达尔种姓人正在焚烧尸体。

罗摩难陀伸出手将他抱在怀里。

那人一脸惶恐地道：“大师，我叫那瓦，是昌达尔种姓之人。我的工作备受歧视，您不要让我这样的人玷污了您。”

“我的内心已然死去。”罗摩难陀痛心疾首地道，“因此我从来看不到你。如今我十分需要你，假如没有你，我内心的葬礼将无法举行。”

言罢，罗摩难陀继续向前走。

晨鸟鸣啼，启明星隐藏入朝晖之中。

卡毗尔坐在院中一边哼唱小曲儿一边织布，罗摩难陀坐在他身边，搂住他的脖子。

读书笔记

读书笔记

卡毗尔急忙说道：“大师，我是一名穆斯林，我的工作十分低下。”

❶语言描写

罗摩难陀柔和的话语体现出此刻的他已经抛却一切世俗偏见，学会平等地爱所有人。

[1] 罗摩难陀用柔和的语调说：“亲爱的朋友，假如不能与你同在，我的内心便无法蔽体，我的心已被灰尘玷污。今天，穿上你制作的圣洁的布衣，我的羞耻才会消失无踪。”

罗摩难陀的几个徒弟在院子里找到了他，他们怨怪他道：“师傅，您这样做不合礼数！”

罗摩难陀坦率地道：“我不过是在遗失神的地方又寻到了神而已。”太阳缓缓升起，金光照亮了罗摩难陀欣悦的脸庞。

爱的金子

罗比达斯是一名鞣皮匠，他正在扫地。

❷比喻、拟人

写出了罗比达斯非常孤独的现状，也交代了他没有自己的家人，是非常可怜之人。

[2] 道路犹如他的亲人，孤独犹如他的同伴。

行人离着老远便绕道而行。

罗摩难陀长老在晨浴后走回寺院，在离他一丈远的地方，罗比达斯跪趴于地，对大师叩拜行礼。

罗摩难陀惊讶地问道：“亲爱的朋友，你是什么人？”

“大师，我不过是路上的尘埃，而您是天空中的云彩，您如果播撒爱的雨露，喑哑的灰尘便会愉悦地歌唱，鲜花也会绽放。”

罗摩难陀将他揽入怀中，给予他爱。

罗比达斯的生命中吹入了曲声婉转的春天的暖风。歌曲飘入吉托尔国王后佳莉的耳里，她忍不住神色黯然，将宫女支开，自己默默落泪。

佳莉丢弃了王后的尊荣，找到罗比达斯，从此皈依毗湿奴教。

王族之中德高望重的祭司知道了此事，愤怒地对王后道："王后，真是可耻呀，罗比达斯种姓十分低贱，你竟然拜他为师，简直践踏了婆罗门的尊严。"

王后严肃地道："尊贵的祭司，请您听我一言，您日夜盯着规矩的死结，却不知爱的金子已然遗失，是我那手染尘埃的师傅将它自灰尘中拾起。你可以傲慢地抱着那团毫无意义的打结的绳子，可我是爱的金子的乞丐，所以宁愿头顶着尘土的馈赠。"

圣 浴

罗摩难陀面色肃穆地朝着东方，站立在恒河中。[①]晨风轻扬，河水流淌，好似被点金棒碰触过的河水泛着金光。他远远看着蔷薇般的晨曦，心中自言自语："神啊，您慈悲的面容因何不在我内心显现？请您掀开面具吧。"

朝阳爬上娑罗树的树梢。渔民们已经扬帆起航了。白鹤成群地飞出沼泽，向着阳光灿烂的晴空飞去。

大师的沐浴持续了太久，弟子着急地道："师尊，不能再耽搁了，祭神的时间就要到了。"

大师说："恒河远离了我的内心，我的肉体还未洗净。"

弟子坐在地上暗自思量：这有什么含义呢？

阳光照耀着芥菜地。养牛的女子头顶奶罐赶往市集。卖花女站在路边售卖鲜花。

读书笔记

❶比喻

将河水的波光比作金光，体现出环境的美。

读书笔记

大师似有所悟地走上岸，一路穿过黄鹂鸣叫的灌木丛。

弟子奇怪地道："师傅，您这是要去哪里？前方可没有上等人的村子。"

罗摩难陀道："我所走的，正是一条完成圣浴的道路。"

河滩的终点有一座村子。大师走入被桑树暗影夹裹的小巷，猴子欢快地在枝头蹦来跳去。

读书笔记

巷子深处矗立着制革人维强的屋子，那里飘荡着牲畜生皮的难闻味道，天空中兀鹰在盘旋，瘦骨嶙峋的野狗在啃着骨头。

弟子皱紧眉头，站在村子外，心中默念"罗摩，罗摩"。

维强恭敬地对罗摩难陀磕头行礼。

罗摩难陀将他搀扶起来，与他拥抱。

①维强惶恐地道："大师，不可以这样做，您神圣的身体会被贱民家中的污秽所玷污的。"

❶语言描写 "惶恐"这个词语表现他此时的慌张，而语言描写也写出了对大师的恭敬的态度。

"我在离你村子很远的地方下河沐浴，可我的内心无法与可以清洁万物的恒河相通。"罗摩难陀欣喜地道，"如今，清洁万物的圣水已经贯通了我们的身体。今日，我没能跪拜太阳神。我说，太阳神啊，我内心那类似你拥有的灵光为何不出现呢？如今，它正在我们的额际闪烁，自此以后，我无须再入庙堂了。"

第一次膜拜

相传，毗舍迦罗莫是天界的神匠，他在元古之时为三界神王修建庙宇，巨猴诃努曼为其搬运建庙的石材。

历史学家经过一系列考证发现：居住在森林中的吉拉特族人是这座神庙的修建者，这原本是他们的神祇。

刹帝利国王曾经攻占了这个国家，他杀害信众，使神庙中尸横遍野。

神祇更名改姓，隐身于新教身后，这才得以幸免。

历经数千年，虔诚的古河已经改变了流向，如今，吉拉特族人成为无法接触者，他们前往神庙的道路被封死了。

吉拉特族的村子被社会所排斥，目前分布于恒河东岸，[1]他们笃信天神，歌唱神曲，但没有自己的寺庙。他们心灵手巧，目光敏锐，他们修建石墙很专业，可以在铜器上镶银花，精通大理石神像的内部结构。

刀枪抢夺了他们往昔的神座，削去了他们的衣装和行为的尊荣的印记，褫夺了他们学习知识的权益。

他们唯有远眺那座矗立在西边地平线上的神庙的屋顶，唯有遥遥参拜神庙，但记忆中的神庙始终那么熟悉。

十月十五日是一年一度的祭神节。

临时修建的高台上锣鼓喧天，琴箫合奏，帐篷遍地，旗帜飞扬。路边摆放着成堆的商品——银首饰，铜器，绸布，神像画，小孩的玩具，叶笛，泥娃娃，花环，香烛，供品，圣水……

魔术师怪模怪样地耍魔术。

民间艺人正在有声有色地讲述《罗摩衍那》。

读书笔记

❶叙述

主要介绍了吉拉特族人的一些本领，加深读者的理解。

刹帝利：印度四大种姓中的一个。

读书笔记

卫兵身着亮丽的制服，骑马巡逻。

大象背上，大臣歪靠着软榻，士兵则行走在前方吹号开道。

贵族的小姐太太们端坐于彩轿内，在仆役和家丁的前呼后拥下前进。

浑身赤裸、头发蓬乱、脸色青灰的游方僧坐在五个树干支撑的榕树下，周围摆放着信女们布施的牛奶、水果、甜食、大米、奶酪、土豆……

一声声“胜利属于神王”的呼喊响彻云霄。

明日就是国王第一次祭神的良辰吉日。

读书笔记

国王乘坐大象到来，在他的必经之路两边，人们在香蕉树上挂满了花环。描绘了祝福图案的铜罐口上覆盖着杧果叶，每过一会儿便洒一遍香水，用以压制尘埃。

十三日的深夜，寺庙的钟声慢慢消散。

月亮蒙上了一层黑纱，隐约的月光好似强烈的晕眩，夜风停滞，天空中汇聚着雾霭，林木被吓到了一般一动不动，狗无缘无故地狂叫。马发现那无形之物后竖起耳朵嘶叫。

忽然，地下传来吓人的闷响，炼狱中的魔鬼好似齐齐敲响了战鼓。

①寺庙里的钟表飞快地摇响，犹如象群摆脱了绳索的控制，疯狂飞奔。

❶比喻：将钟表摇响的速度比喻成了象群摆脱绳索控制，夸张地表现钟表转动的速度之快。

地底的暴风迅速升腾，水牛、黄牛、骆驼、绵羊、山羊上蹿下跳。无数善男信女惊慌失措，他们分不清亲人和陌生人，也辨不出方向，惊恐地逃窜，导致互相践踏。

地面开裂，一股股滚烫的水冒了出来，伴着滚滚烟尘。池沼中的清水渗入了地下沙层。

①飞檐上挂着的钟哐哐地摆动，伴着一声轰然巨响，钟声泯灭了。大地寂然的瞬间，将圆的明月自西天垂落。

❶声音描写　“哐哐地摆动”“轰然巨响”增加了紧张的氛围。

一个个帐篷起了火，漫天浓烟好似巨蟒纠缠着月光。

第二日，到处都是人们失去亲友的哀号，为了防止意外发生，御林军围住了神庙，大臣、名人墨客、星象家陆续赶来，但见山墙崩塌，庙顶倒塌在神坛上。

星相家道：“陛下，下月十五前，寺庙必须重新建好，否则，神将离您而去。”

读书笔记

国王立刻下旨：马上修缮寺庙。

大臣奏道：“唯有吉拉特族人才会雕刻神像，但他们的目光绝不能玷污了神像，假如神明遭到亵渎，那么重建也是枉然。”

国王召见了玛达卜，他是吉拉特族人的首领。

玛达卜年过半百，鬓发花白，头上戴着干净的白色缠头巾，紫铜般结实的上身赤裸着，下面围着黄色的土布，他双眼流露出忐忑的恭谨，战战兢兢地将一束素馨花进献在国王脚前，退后几步，拜服于地。

国王开口说道：“听闻重建寺庙非你等莫属。”

“这是神明对下民的恩赐。”玛达卜说完便朝向寺庙跪拜。

“如果蒙住眼睛，你们还能雕刻神像吗？”

“小民劳作全靠心灵主宰的指引，雕刻时无须睁眼。”

几百名吉拉特族人来到寺庙外修建石墙。

①玛达卜的眼睛上缠着数层黑布，在寺庙中雕刻神像，一刻也不许离开。他想象着神明慈悲的模样，哼着小曲儿雕刻。

❶动作描写 动作描写惟妙惟肖，写到“哼着小曲”的这个细节，突出了他游刃有余的状态。

“快干活，快干活，时间紧张，吉时就要到了。”大臣时常过来催促。

玛达卜拜道：“是谁的事情，谁就会拼命干，我只是他的器具。”

朔日即将过去，望日马上来临。

②蒙着双眼的玛达卜以指尖的碰触和石头对话，石头一一给予回复。

❷拟人 “对话”和“回复”这两个词语形象生动地写出了他雕刻技术很娴熟。

士兵在一旁监视，防止他掀开蒙眼布。星相家前来问询：“十一日的晚上，陛下将进行首次祭神，能不能按时完成？”

玛达卜拜道：“我没有回答的资格，心灵的主宰降临那日，我自会禀报。在此以前，任何人前来询问都只会耽误时间。”

初六过去了，初七也过去了，清冷的月光穿透寺庙的大门，洒落在玛达卜的头发上。

太阳落下，十一日的明月升上暗沉的夜空。

玛达卜长叹一口气，道：“士兵，去报告吧，神像

读书笔记

注释
指心灵的主宰。

已经雕刻好了，不要错过好日子。”

士兵匆忙跑出寺庙。

[1] 玛达卜解开自己的蒙眼布，但见十一日的月光笼罩在神圣慈悲的神像上，他跪伏于地，双掌合十，眼含热泪，凝望着神主。

今日，他实现了数千年来吉拉特族信徒觐见神主的期盼。

国王走入寺庙，发现玛达卜的头正贴在神坛底座上，于是愤怒地挥剑砍去，玛达卜顿时人头落地。

这是玛达卜一生唯一一次在神主的足下叩拜。

禳解诅咒

贡达卜是神殿的一位名伶，玛杜斯丽是他的爱人。

那日，玛杜斯丽去往北极山脉拜谒太阳，他为此心烦意乱，伴唱时跑了调，使得舞女优哩婆湿乱了舞步，让嘉宾失望。

萨吉十分羞愧，神态尴尬。

[2] 英俊的贡达卜被众神所诅咒，变成了样貌丑陋之人。他被贬下凡间，托生在坎达尔王族内，名叫奥鲁内夏尔。

玛杜斯丽朝拜归来，恳求萨吉道：“请不要让我们分离，就把我也贬下凡间，和他同甘共苦吧。”

萨吉发愁地看向雷神因陀罗。

❶神态、动作描写

通过“跪伏于地”和“双掌合十”两个动作，凸显出他的真诚和恭敬，“眼含热泪”的神情彰显了他的感动。

❷叙述

这两个句子交代了贡达卜变丑陋的原因，能够让读者更加清楚故事的背景，为下文王后厌恶他埋下了伏笔。

注释

萨吉：雷神因陀罗的伴侣。

因陀罗对此感到同情，对她道：“我可以成全你，去吧。你为他遭难，也给他带去苦痛。这苦痛可以抵消他扰乱娱乐的罪责。”

玛杜斯丽被托生在了马特罗王族，名叫卡姆莉佳。

读书笔记

一日，卡姆莉佳的肖像被坎达尔国王奥鲁内夏尔看到了，他对这位公主思慕至深，无法成眠，于是派人去马特罗国向公主求亲。

马特罗国国王非常高兴，道：“这是公主的福气。”

国王奥鲁内夏尔在二月十五日，一个吉祥的时辰，将一把七弦琴放到象背那镶嵌着珠玉的御座上，送至马特罗国王宫。在锣鼓喧天中，卡姆莉佳公主与奥鲁内夏尔的象征七弦琴举行了结婚仪式，随后夜以继日地赶往坎达尔国。

几日后，卡姆莉佳道：“我想看一看陛下的容颜。”

国王道：“你可以在歌里看到我。”

❶比喻

将国王和王后翩翩起舞比喻成了拍击沙滩的海浪，形象生动地写出了他们跳舞时候的默契和此刻爱意萦绕于心中。

昏暗中，[①] 国王一边弹奏着七弦琴一边绕着王后跳起神国之舞，犹如午夜拍击沙滩的海浪，爱意在舞蹈中升腾，王后感到心潮澎湃，忍不住落下泪来。

一天四更时分，启明星还在东方的天际闪耀。卡姆莉佳将自己顺滑的头发覆盖在国王的双足上，恳求道：“请让我在第一抹朝霞中看一眼陛下的容颜吧。”

国王婉拒道：“王后，还是不要为此而损害我们之间的甜蜜结合吧。”

“难道您要永远剥夺我观瞻陛下圣颜的愉悦吗？这简直是比瞎眼更令人惧怕的诅咒！”王后愤怒地背转身。

国王最终妥协道："明日我将与众位大臣在纳克格斯树林里共舞，你可以站在皇宫顶上观看。"

王后叹息道："那我如何能认出陛下？"

"你可以发挥自己的想象，想象就是真实。"

第二天夜晚，王后对国王说：[①]"我看到了舞蹈，好似惬意的春风吹拂着萌生新叶的娑罗树。跳舞之人都如月中仙人般清秀，只有一人十分丑陋，犹如天狗的爪牙，让人恶心。他因何获得了进入树林的资格？"

国王缄默片刻后说道："对美的渴望是丑最高的情感追求，阳光安慰羞愧的阴云，在阴云的边际绘制彩虹。天国可怜被厌弃的人间荒漠，于是荒漠才会出现葱郁的绿色。爱人啊，你的恻隐之心没能使你对他产生温柔的情意吗？"

"没有啊，陛下，真的没有！"王后用手捂住脸。

国王哽咽着道："你怜悯那个人，可以让你的心变得更为充实。你因何要硬起心肠厌恶他呢？"

"不，我不能忍受影响艺术趣味的不和谐。"王后说完便从椅子上站起身来。

国王抓住她的手道："献出真情的那日，你就可以接受了。丑陋做出的自我奉献中蕴含着'美'的胜利。"

王后皱起眉头："我不懂，陛下为何要偏袒'不美'之物？于黑暗中感受到光明将至，杜鹃才会鸣叫着迎接晨曦，我希望今天太阳升起的时候，陛下可以出现在我面前。"

"会如你所愿的。"国王做出决定，"让怯懦远离

❶比喻

诗人将舞蹈比喻成了惬意的春风吹拂新叶，形象生动地突出了舞蹈产生的力量和强大的感染力。

读书笔记

我吧。”

在阳光下，王后看到了国王的真实模样。

爱恋的根基坍塌了。

“残忍的骗子！残忍的假象！”卡姆莉佳一路尖叫着奔出皇宫。

[①] 她躲进了皇家森林猎场那幽僻的行宫里，犹如害羞的启明星躲进了云雾中。

❶比喻

将卡姆莉佳的躲藏比喻成了启明星躲进云雾里，一方面写出了她此时害怕和失望的状态，另一方面写出了她光彩照人的风姿。

夜半之时，她恍惚中听到了七弦琴悲苦的弹奏，那曲调十分熟悉，好似梦中隐约的暗示。

一天又一天，暗黑的树下影子般舞蹈的人，她虽然看不到，可心幕上却清晰地显现出来，好似看到空旷的雪松林里晃动的树枝间南海暴风哀鸣的神态。王后因何产生了这样的感觉？是痛苦的离别引发了她的思念？是泥灯的烛火点燃了金灯？是苏醒的夜鸟飞离冷寂的巢穴，那拍打翅膀的声响振奋了宿鸟的羽翼？

七弦琴奏出凄婉的歌曲。

星辰好似苦修士的暗夜的沉默咒语。

王后从床榻上坐起身，她披散着长发，魂不守舍。琴音在暗夜里铺设了一条无穷无尽的重逢之路，[②] 她的愁思在这条迷蒙的道路上徘徊。她在寻找谁？寻找那个没见面却早已相识之人？

❷拟人

把王后的愁思拟人化，赋予“愁思”人的动作，“徘徊”这个词语很好地写出了此时王后内心无法排解的愁思。

一日，苦楝树的芬芳将无声的邀约送至王后的卧室。王后来到窗边，又一次看到了那熟悉的影子的舞蹈，那离恨的浪涛！

王后忍不住瑟瑟发抖。

夜里，响起凄切的虫鸣，下弦月在地平线上徘徊不去。

王后的身体感受到寂静森林传来的无声天籁，开始身不由已地跳起舞来，这是属于今生今世的舞蹈，也是属于前生前世的舞蹈！

又是两晚过去了，激昂的乐曲依旧在琴弦上跳荡。

卡姆莉佳在内心呐喊：[①]“悲伤的人啊，不要再召唤了，我将不再迟疑。”

❶心理描写 此处的心理描写，讲述了卡姆莉佳的内心状态，她已经不再犹豫不前，而是有坚定的决心和意志。

但是，她要去到谁的身边？眼睛看不到的那个人吗？这不可能。内心浮现的人将眼睛看不到的人带到了海边神话的世界？哪里是通往神话世界的路？

朔日之夜，明月隐逝，“幽暗”的召唤愈发殷切，在王后脑内封闭的洞穴里，回荡起嘹亮的回音。

七弦琴那逐渐明朗的曲调描述着模糊的神界的前尘往事。

“今日我一定要过去，我不担心我的眼睛。”王后自言自语着走出了行宫，她一路踩着枯叶来到老菩提树下。

读书笔记

琴音消失了，王后停了下来。

“不要害怕，我的王后。”国王的声音犹如雨云的震响。

“不，我不怕，陛下获胜了。”王后拿出被纱丽遮住的灯，将它举到国王面前。

王后认真地看着国王，片刻后才说：“我的王，我的陛下俊美无比。”

精华赏析

在本诗集中，诗人着眼于身边的所见所闻，小到昆虫的生活，大到一些在生活中出现的人和事，同时借用一些神话元素，鼓舞人们无论处在哪一种窘迫状态下，都不要放弃对生活的信心，也刻画出了诗人对美好生活的愿景。诗人笔下的万物都是有灵魂的，都是有情感的，启迪人们做出反思和反省。

延伸思考

1.在诗歌《新时代》里面，主人公在售卖果子时，从不同的人表现出来的态度，能看出什么？

2.《旅伴》中写到一位年轻的水手，请结合诗歌内容，分析一下水手的人物形象。

3.《不同的童年》中写“每个做父母的都希望子女好好读书，日后可以飞黄腾达，光耀门楣”，对此你有什么理解？

相关评价

萨拉特·钱德拉·查特吉，是印度文坛上仅次于泰戈尔的大作家，也是印度孟加拉语文学中第一个职业作家。泰戈尔曾这样描述他：“萨拉特窥透了孟加拉人内心的秘密，在他的描绘着悲欢离合的绚丽多彩的创作中，人们清楚地认识了自己。”他的代表小说有《耶摩纳》，其作品陆续发表后，他成了孟加拉最受读者喜爱的作家。他的作品言语简练，心理描写细致，反映出了印度现实主义文学的特点。

名家心得

泰戈尔这本《飞鸟集》成书已有 92 年，现在读来，仍像是壮丽的日出，诗中散发的哲思，有如醍醐灌顶，令人茅塞顿开。

——李敖

在现代的许多诗人中，泰戈尔更是一个“孩子的天使”。他的诗正如这个天真烂漫的天使的脸；看着他，就“能知道一切事物的意义”，就感得和平，感得安慰，并且知道真相爱。

——郑振铎

我们敬重他是一个怜悯弱者、同情被压迫人民的诗人；我们更敬重他是一个实行帮助农民的诗人；我们尤其敬重他是一个鼓励爱国精神、激起印度青年反抗英帝国主义的诗人。

——茅盾

读者感悟

泰戈尔用简洁的语言，构造了一个真理的殿堂。不可否认，语言的简约使得《飞鸟集》有些难以理解，但这并不影响其蕴含深刻无价的真理。在泰戈尔的文笔中，有一种对生活的热爱以及对爱的思索。毫无疑问，泰戈尔的灵感来源于生活，但同时更高于生活。他用自己对生活的热爱，巧妙地隐去了一些苦难与黑暗，而将所剩的光明与微笑毫无保留地献给了读者。他对爱的思索，更是涵盖了多个方面，包括青年男女间纯真的爱情、母亲对孩子永存的母爱、人与自然间难以言喻的爱……

“我们看错了世界，反而说它欺骗了我们。”泰戈尔在诗中这样说。不完满的过去和背叛是他挣不开的枷锁。纵使他智慧超群，看清万物本身，终抵不过一场处心积虑的猜疑与指控。当夏天的气息蔓延至每一个角落，几只飞鸟掠过，骨骼作响，声带微不可见地振动，开始歌唱。渐渐地有什么东西苏醒。诗人的文字，穿越海洋和森林，找寻它自己的歌声。泰戈尔是一个诗人，诗人爱着世界。即使这个世界仍存在着阴暗、自私、欲望、背叛与肮脏，即使只有小小的飞鸟肯为他停留，歌唱着“我爱你”，却已经足够让他虔诚地瞻仰整个世界，深信不疑。一如他曾说的“我相信你的爱”。

真题演练

一、填空题

1.《飞鸟集》创作于 1913 年，第一版是在 ________ 年完成。

2.《飞鸟集》大致由两部分构成，其中的一部分由诗人翻译自己的孟加拉文格言诗集《________》而成。

3.《飞鸟集》是印度诗人泰戈尔的代表作之一，这本诗集由 ________ 首清丽的无题小诗组成。

二、选择题

1. 泰戈尔的《飞鸟集》，主题主要是什么？（　　）

A. 人生感悟　B. 爱情　C. 天空和鸟　D. 政治

2.《飞鸟集》中的诗歌风格主要是什么？（　　）

A. 浪漫主义　B. 印度神话　C. 现实主义　D. 异教徒

三、阅读题

①虔诚者坐于山顶皎皎的宁静中，不休不眠地睁开眼寻找星辰的暗示。

②云朵聚集，夜鸟悲啼飞过的时候，他说："不要恐惧，朋友，人类是崇高的。"

③他们嗤之以鼻地说："兽性是远古的力量，那才是永恒的。赤诚不过是自欺欺人。"

④遭受打击时，他们惊恐地询问："朋友，你在哪儿？"

⑤得到这样的回答："我就在你们身边。"

⑥黑暗里看不到他的身影。众人争论不休："那句话是由于惊吓产生的错觉，是虚幻的自我安慰。"

⑦在残暴的荆棘遍地的沙漠里，人们为霸占海市蜃楼而经年累月地互相残杀。

1. 第①句中，虔诚者寻找的暗示是什么？请谈谈你的看法。

2. 第②句用了 ______ 的修辞手法。

3. 第⑥句中的"黑暗"指的是什么？众人的争论体现了他们怎样的心态？

一、填空题

1.1916　2. 碎玉集　3.325

二、选择题

1.A　2.A

三、问答题

1. 虔诚者想要从星辰中看到上天的启示，帮他寻找到充满爱与幸福的圣地。

2. 拟人

3. 指的是黑暗的社会。众人的争论体现了他们对虔诚者将信将疑的态度。在遭受打击时他们一方面寄希望于虔诚者带来神灵的指示，但又因为不够虔诚，对他的话充满怀疑。

爱阅读课程化丛书 / 快乐读书吧

外国经典文学馆					
序号	作品	序号	作品	序号	作品
1	七色花	31	格列佛游记	61	好兵帅克历险记
2	愿望的实现	32	我是猫	62	吹牛大王历险记
3	格林童话	33	父与子	63	哈克贝利·费恩历险记
4	安徒生童话	34	地球的故事	64	苦儿流浪记
5	伊索寓言	35	森林报	65	青　鸟
6	克雷洛夫寓言	36	骑鹅旅行记	66	柳林风声
7	拉封丹寓言	37	老人与海	67	百万英镑
8	十万个为什么（伊林版）	38	八十天环游地球	68	马克·吐温短篇小说选
9	希腊神话	39	西顿动物故事集	69	欧·亨利短篇小说选
10	世界经典神话与传说	40	假如给我三天光明	70	莫泊桑短篇小说选
11	非洲民间故事	41	在人间	71	培根随笔
12	欧洲民间故事	42	我的大学	72	唐·吉诃德
13	一千零一夜	43	草原上的小木屋	73	哈姆莱特
14	列那狐的故事	44	福尔摩斯探案集	74	双城记
15	爱的教育	45	绿山墙的安妮	75	大卫·科波菲尔
16	童　年	46	格兰特船长的儿女	76	母　亲
17	汤姆·索亚历险记	47	汤姆叔叔的小屋	77	茶花女
18	鲁滨逊漂流记	48	少年维特之烦恼	78	雾都孤儿
19	尼尔斯骑鹅旅行记	49	小王子	79	世界上下五千年
20	爱丽丝漫游奇境记	50	小鹿斑比	80	神秘岛
21	海底两万里	51	彼得·潘	81	金银岛
22	猎人笔记	52	最后一课	82	野性的呼唤
23	昆虫记	53	365 夜故事	83	狼孩传奇
24	寂静的春天	54	天方夜谭	84	人类群星闪耀时
25	钢铁是怎样炼成的	55	绿野仙踪	85	动物素描
26	名人传	56	王尔德童话	86	人类的故事
27	简·爱	57	捣蛋鬼日记	87	新月集
28	契诃夫短篇小说选	58	巨人的花园	88	飞鸟集
29	居里夫人传	59	木偶奇遇记	89	海的女儿
30	泰戈尔诗选	60	王子与贫儿		陆续出版中……

中国古典文学馆					
序号	作品	序号	作品	序号	作品
1	红楼梦	12	镜花缘	23	中华上下五千年
2	水浒传	13	儒林外史	24	二十四节气故事
3	三国演义	14	世说新语	25	中国历史人物故事
4	西游记	15	聊斋志异	26	苏东坡传
5	中国古代寓言故事	16	唐诗三百首	27	史　记
6	中国古代神话故事	17	小学生必背古诗词 70+80 首	28	中国通史

7	中国民间故事	18	初中生必背古诗文	29	资治通鉴
8	中国民俗故事	19	论　语	30	孙子兵法
9	中国历史故事	20	庄　子	31	三十六计
10	中国传统节日故事	21	孟　子		**陆续出版中……**
11	山海经	22	成语故事		

中国现当代文学馆

序号	作品	序号	作品	序号	作品
1	一只想飞的猫	36	高士其童话故事精选	71	大奖章
2	小狗的小房子	37	雷锋的故事	72	半半的半个童话
3	“歪脑袋”木头桩	38	中外名人故事	73	会走路的大树
4	神笔马良	39	科学家的故事	74	秃秃大王
5	小鲤鱼跳龙门	40	数学家的故事	75	罗文应的故事
6	稻草人	41	从文自传	76	小溪流的歌
7	中国的十万个为什么	42	小贝流浪记	77	南南和胡子伯伯
8	人类起源的演化过程	43	谈美书简	78	寒假的一天
9	看看我们的地球	44	女　神	79	古代英雄的石像
10	灰尘的旅行	45	陶奇的暑期日记	80	东郭先生和狼
11	小英雄雨来	46	长　河	81	红鬼脸壳
12	朝花夕拾	47	丁丁的一次奇怪旅行	82	赤色小子
13	骆驼祥子	48	小仆人	83	阿 Q 正传
14	湘行散记	49	旅　伴	84	故　乡
15	给青年的十二封信	50	王子和渔夫的故事	85	孔乙己
16	艾青诗选集	51	新同学	86	故事新编
17	狐狸打猎人	52	野葡萄	87	狂人日记
18	大林和小林	53	会唱歌的画像	88	彷　徨
19	宝葫芦的秘密	54	鸟孩儿	89	野　草
20	朝花夕拾・呐喊	55	云中奇梦	90	祝　福
21	小布头奇遇记	56	中华名言警句	91	北京的春节
22	“下次开船”港	57	中国古今寓言	92	济南的冬天
23	呼兰河传	58	雷锋日记	93	草　原
24	子　夜	59	革命烈士诗抄	94	母　鸡
25	茶　馆	60	小坡的生日	95	猫
26	城南旧事	61	汉字故事	96	匆　匆
27	鲁迅杂文集	62	中华智慧故事	97	落花生
28	边　城	63	严文井童话故事精选	98	少年中国说
29	小桔灯	64	仰望第一面五星红旗升起	99	可爱的中国
30	寄小读者	65	徐志摩诗歌	100	经典常谈
31	繁星・春水	66	徐志摩散文集	101	谁是最可爱的人
32	爷爷的爷爷哪里来	67	四世同堂	102	祖父的园子
33	细菌世界历险记	68	怪老头		**陆续出版中……**
34	荷塘月色	69	从百草园到三味书屋		
35	中国兔子德国草	70	背　影		